UN SI PETIT VOYAGE

Céline Fuentès

« Le voyageur ne sait pas où il va.

Le touriste ne sait pas où il est allé. »

Proverbe chinois

Du même auteur :

Abécédaire et petits poèmes calédoniens – Snk Editions 2016
C'est pas grave si c'est raccommodé 2016
La grande traversée – Snk Editions 2017
Le pire cyclone de la galaxie Snk Editions 2018
Mon petit livre à compter calédonien Snk Editions 2019

- **ISBN-10 :** 1521448914
- **ISBN-13 :** 978-1521448915

Dépôt légal Juin 2017

Contact : lynsee.cf@gmail.com

Pour ma mère

Pour Sanka

Pour tous mes amis de là-bas : Hugo, Seb, Auralie, Carole et les autres

Chapitre 1

Tout est parfait aujourd'hui, sans retards ni bavardages. Une journée comme Elisa les aime : lisse et minutée. Aux commandes de son poste téléphonique de compétition, Elisa jongle avec les lignes en virtuose du standard. Même si elle se sent satisfaite, la jolie trentenaire ne sait pas si elle est heureuse. De toute façon, personne ne le sait. Sauf peut-être sa mère, Milana.

La maman courage est la spécialiste du bonheur. Elle déverse à sa fille, à n'en plus finir, des recettes imparables sur le sens de la vie et l'ordre des choses. Milana prêche à tout moment, à la moindre occasion et termine toujours par ces quelques tirades :

— Ce n'est pas compliqué de trouver le bonheur, tout le monde en est capable, même toi ! Allez, avance et souris un peu ! Le destin n'attend pas les gens tristes ! Organise-toi !

Le plus souvent accoudée sur l'immense table de la cuisine, avalée par la nappe fleurie, Elisa baisse la tête. Coincée, étriquée. Elle ne répond jamais. Encore aujourd'hui. A trente-deux ans, elle reste un cancre de la vie apeuré.

Femme de poigne et de caractère, Milana est aussi exubérante qu'Elisa est réservée. Au temps d'avant, au temps où elle n'avait pas d'enfants, cette belle italienne était une chanteuse hors pair qui se produisait dans la région, une vedette locale qu'on s'arrachait pour la moindre occasion : du mariage au bal populaire en passant par les anniversaires retentissants. Vite, trop vite, elle a improvisé un rôle de femme au foyer puis a excellé comme maman. Enfin, c'est ce qu'elle croyait… Pour les deux aînés, rien à dire, la *Croisière s'amuse* dans le palace du bonheur, mais sa petite dernière… Qu'a-t-elle raté pour qu'Elisa soit si timorée, si craintive, si fragile ? Milana a tout essayé : des cris intempestifs aux larmes intarissables. Pour finir, résignée, elle a juste tenté d'aiguiller cet oiseau fébrile. Elle a mis du cœur à l'ouvrage, encore une fois, des palabres interminables. Positive, elle lui a dit sa beauté, un trésor qui la sauverait, puis lui a conseillé de prendre appui sur sa meilleure amie Lucie, si joyeuse, si ambitieuse, si affirmée. Chaque jour, consciencieusement, Milana a orienté Elisa un peu plus vers un avenir de femme respectable, puisque, de toutes les manières, elle ne deviendrait pas une femme de grands projets :

— Ma fille, trouve un travail correct et marie-toi avec un homme gentil et stable, cela ne sera pas dur pour toi, tu es si belle. Commence par-là, c'est tout simple.

Pendant longtemps, Elisa a erré devant ce défi hors de portée. Elle n'était pas capable, c'était trop dur. Pas si facile, finalement, pour cette grande peureuse… Milana lui avait-elle menti en lui faisant miroiter monts et merveilles ? Découragée, elle a fait un peu n'importe quoi, quelques mois, quelques années. Beaucoup de fêtes, beaucoup de pétards, beaucoup d'alcool. Plus que de raison, juste pour l'ivresse, juste pour la vie, juste pour Lucie... Milana ne savait plus quoi faire, dépassée. Ça allait encore mal tourner. Lucie n'était pas celle qu'elle espérait. Tout s'enlisait. La pente était glissante. Le sentier était crevassé, crotté. Et puis, au comble de la noirceur, Pierre est arrivé. Subitement, tout s'est éclairé. Milana l'a bousculée vers ce gendre idéal, c'était inespéré :

— Vas-y ! Ma fille, c'est lui.

D'un coup, Elisa s'est relevée et a tout organisé pour devenir *comme il faut,* pour accéder à ce nirvana dont on lui avait tant parlé, si accessible désormais. Maintenant, tout est prêt, cela ne va plus tarder. Il faut tenir, Pierre va se décider à faire sa demande en mariage, c'est une question de mois, peut-être de jours. Il attend sa promotion d'abord, ensuite ils chercheront une maison à acheter et enfin… Enfin, il fera sa demande. Lui aussi tient à respecter l'ordre des choses. Elisa croise les doigts. Le bonheur n'est plus si loin, elle le touche du doigt. C'est certain, son avenir sera fait de mariage et de cotillons et tout ira bien.

Pourtant, au milieu de cette journée parfaite de tranquillité, ce mercredi treize février 2013, vers les quatorze heures quarante-cinq, alors qu'elle est toujours au bureau, le portable d'Elisa se met à vibrer. Numéro inconnu. Sa curiosité est piquée : son mobile lui réserve rarement des surprises… Mais impossible de répondre. En effet, chez Gobel Technologies, interdiction de se servir de son téléphone personnel. En cas d'urgences, les proches savent qu'ils doivent contacter l'accueil. Elle pourrait tenter une pause à la machine à café ou aux toilettes mais le standard aujourd'hui est prêt à exploser. Bérangère la retiendrait, elle ne pouvait pas gérer l'accueil téléphonique toute seule. Pas plus de trois sonneries ou c'est la catastrophe, les ordres sont clairs et Boudard, le PDG, appelle souvent pour vérifier la bonne application du protocole. Elisa attendra ce soir pour savoir. Trois heures sans bouger de sa chaise, à pianoter en experte sur le gros combiné semblable au poste de pilotage d'un A 330. Trois heures à réciter à n'en plus finir les phrases prescrites, en maniant avec vivacité les lignes :

— Gobel Technologies bonjour, Elisa à votre service.

— Ne quittez pas, je vous passe le service comptabilité, merci de patienter.

— Non, Madame, les techniciens ne sont pas dans nos locaux, veuillez composer le numéro du service Hotline.

— Oui, je sais, il y a de l'attente mais ils vont vous répondre. Ici, vous êtes au siège, il n'y a pas de techniciens. Appelez la Hotline, vous aurez une solution à votre problème.

Elisa ment du soir au matin, sans rechigner. Parce qu'évidemment les techniciens sont tous là, devant elle, dans ce gigantesque *open space* à l'américaine. Mais elle n'a pas le droit de passer les appels en direct des clients. Non, ils doivent composer le numéro surtaxé et patienter des heures et des heures, se ruiner en facture téléphonique, pour rien. Elisa est impuissante. Transformée en gentil perroquet chaque jour de la semaine, c'est comme ça, c'est tout. Et ça lui va.

Gobel Technologies est une société sur la pente ascendante et elle est plutôt fière d'appartenir à cette firme en vogue. Enivrée par un boucan d'enfer qui envahit ses oreilles à chaque seconde, la jolie brune occupe le box tout au bout de la pièce, juste avant les bureaux privatifs réservés aux personnels de direction. Les regards remplis de testostérone se tournent vers elle, inexorablement, Elisa est attirante. Une tigresse froide. Mises à part les trois réceptionnistes qui partagent son espace, tous les employés sont des hommes. Moyenne d'âge vingt-cinq ans. La plupart célibataires, jeunes débutants dans le monde professionnel. Du haut de ses trente-deux ans, Elisa fait figure d'ancienne mais cela n'empêche pas les collègues de la regarder avec des yeux tentés. Elisa la belle. Sans commentaires. Elle est là, comme une couverture de magazine, mais on ne peut pas lui parler, juste l'admirer de loin, sans trop s'approcher.

Les minutes s'écoulent à perte de temps, remplies de politesse, vides de sens, creuses de joie, perforées de mensonges et de sourires obligés derrière le combiné. Mais ce soir-là, Elisa s'empresse de débaucher pour enfin écouter ce message si mystérieux.

« Madame *Damin,*

Nous avons bien pris note de votre candidature. J'ai l'honneur de vous annoncer que vous faites partie des dix finalistes ! Nous vous convions à une réunion ce vendredi quinze février à dix-huit heures. D'une durée d'environ vingt minutes, elle sera suivie d'un entretien d'embauche. Vous serez libérée à vingt heures maximum. Veuillez noter l'adresse : 44, rue des bénédictins, bâtiment 3C, 2ème étage, entreprise Zalia lingerie, direction des ressources humaines.

A vendredi madame Damin.

Nous comptons sur votre présence. »

Ahurie, Elisa ralentit jusqu'à s'arrêter complètement. Elle ne comprend rien. Immobile au milieu d'un trottoir surpeuplé, elle devient un obstacle à éviter, un intrus qui casse le trafic, entrave le mouvement cadencé de la foule. Le code de circulation des piétons est entièrement déréglé, perturbé par une Elisa inerte. Elle se fait bousculer à plusieurs reprises, ballotée à droite, à gauche sans opposer la moindre résistance. Les gens se retournent, certains s'excusent. L'un d'eux lui lance, énervé :

— Enfin, mademoiselle, ne restez pas plantée là tout de même, vous gênez le passage !

D'habitude, la belle déambule le menton haut, en rythme avec le flot des passants. Elle excelle dans cet exercice de style, elle se métamorphose en star de la rue vers laquelle les regards se tournent toujours. Mais là, rien ne va plus. Elle doit se reprendre, mettre un pied devant l'autre à une allure plus rapide qu'à l'accoutumée pour ne pas rater le bus de la ligne trois. Sinon, ce serait trente minutes d'attente et elle arriverait en retard pour la préparation du dîner. Pierre rentrerait avant elle et ça, ce n'est pas envisageable ! Au pas de course, elle zigzague entre les passants puis monte dans l'autobus exténuée mais soulagée de ne pas s'être retrouvée sur le carreau. Deux mots cognent à l'intérieur de sa tête, sans relâche, sans temps morts :

— Dix finalistes.

Chapitre 2

Elisa s'installe près de la fenêtre, au milieu du bus. Aujourd'hui, elle ne surfe pas sur internet pour dénicher la recette du soir. Tout est déjà programmé, ce sera un plat surgelé. Elle reprend son téléphone, réécoute le message. Une fois, deux fois. Dix finalistes ? Un entretien d'embauche ? Elisa n'a postulé pour rien ! Elle décortique, vérifie encore que la dame utilise bien son nom. « *Madame Damin* ». Oui, il n'y a pas l'ombre d'un doute, c'est bien elle. Elisa s'interroge. Peut-être est-ce une blague ? Ou bien une erreur ? Oui, certainement une erreur… Des « *Madame Damin* », il doit y en avoir tout un bataillon ! Surtout qu'aucun prénom n'est précisé. Dix-huit heures quinze, il est trop tard pour appeler. Les bureaux doivent être fermés. Mais elle va tenter le coup quand même, elle ne peut pas rester comme ça, sans savoir. S'il n'y avait pas ce monde autour d'elle, elle se laisserait aller, elle tremblerait sûrement comme une machine à laver en phase d'essorage. Mais là, maintenant, elle a grandi, elle a appris, elle se maîtrise, elle sauve les apparences.

Zalia Lingerie. Elle saisit son smartphone, cherche sur la toile le numéro et tombe sur une description de la marque : « *Nouvelle collection, Zalia lingerie, une collection colorée et très tendance* ». Là, juste en haut de la page : le contact du siège social. Elisa ne perd pas une seconde mais le répondeur s'enclenche : « *Nos bureaux sont actuellement fermés. Veuillez rappeler aux horaires habituels d'ouverture : de huit heures à dix-huit heures en continu du lundi au vendredi, toute l'année. En attendant, vous pouvez retrouver Zalia Lingerie sur www.zalialingerie.com. ».*

Elisa, l'adepte des tendances mode beauté et déco ne connaît pas cette marque. Il lui reste quelques minutes pour fouiller sur les blogs. Les avis des expertes semblent unanimes :

« Zalia, la petite marque qui monte. »

« Zalia, une petite qui a tout d'une grande. »

« Zalia lingerie, la petite française qui affole les stars américaines. »

Le bus freine, Elisa descend mais son esprit est préoccupé. Elle marche en pianotant sur son smartphone en quête de nouvelles informations. Son pied se heurte à un poteau électrique. Elle trébuche, se rattrape et finalement ne tombe pas. La catastrophe évitée de justesse, la jeune femme décide alors de ranger l'appareil avant de reprendre un pas adapté. Ses jolis petits talons claquent en rythme sur le bitume, la démarche chaloupée revient. La longue chevelure brune danse de gauche à droite. Elle regarde autour d'elle, tout va bien, tout est comme d'habitude. Les gens rentrent du travail, le temps est gris et les voitures klaxonnent. Elle pousse la lourde porte d'entrée de son immeuble à la façade impeccable, monte les escaliers et tourne la clé dans la serrure d'un geste mal assuré. Elisa enfile ses sur-chaussures puis file vers l'ordinateur de Pierre. Parmi ses abonnements aux *newsletters* des blogs mode ou déco, elle découvre un mail de Lucie.

« Bonjour *Elisa,*

J'ai bien reçu ton message et je suis contente de savoir que tout va bien pour toi. Cela faisait longtemps que je n'avais pas eu de nouvelles.

As-tu posé tes congés ? Je pense pouvoir passer trois semaines avec toi. Les mois de février et mars s'annoncent calmes... Dès que le carnaval se termine, je suis libre comme l'air, jusqu'en juin à peu près. Penses-tu pouvoir caler des dates de congé avec ton entreprise ?

Pour la déco Amérique du Sud, je trouve que c'est une excellente idée. Il faudra être audacieuse : pour les murs, opter pour des coloris originaux : turquoise, vert anis, bleu outremer, corail ou jaune tournesol ! Que cela soit dans ta cuisine, bureau ou salon, tu ne devras pas laisser une once de blanc ! Es-tu prête à cela ? J'essaierai de te ramener des tentures imprimées, de petites sculptures en bois et de la poterie. L'artisanat sud-américain est riche. Il faudra également penser à changer tes plantes, pourquoi pas des cactus ?

Concernant ton idée de recherche de jobs de rêve, j'ai regardé et effectivement, il y a de sacrées opportunités à saisir... Même si les places doivent être chères ! J'ai postulé à une offre qui m'intéresse tout particulièrement : Site de diffusion de programmes cherche photographes amateurs ou professionnels pour shooter les plus beaux endroits d'Europe. Type de contrat : CDD de deux semaines. Salaire : six mille euros. Voyages et frais pris en charge. Pas mal !

Au fait, j'ai candidaté pour toi aussi. La mission est surprenante : Modèle photo amateur. Rémunéré deux mille euros pour mettre en valeur des maillots de bain issus de la nouvelle collection Zalia Lingerie pendant trois semaines en Nouvelle Calédonie, tous frais compris ! Au niveau des conditions de travail, logement dans des hôtels quatre étoiles en front de mer. Un impératif : venir accompagnée de la personne de son choix qui sera chargée des prises de vue. Evidemment, je suis là ! Multiples activités à la carte comme des cours de plongée, sorties en mer, visites, séances de bronzage... Et je n'ai pas tout mis ! Ce serait une expérience insensée pour nous deux... On peut toujours rêver !

Je t'embrasse mon Elisa.

Ps : Tiens-moi au courant pour tes dates de congé ! »

Tout s'éclaire maintenant. Elisa est abasourdie. Elle se lève, tourne sur elle-même, avance jusqu'à la salle de bains, revient à la cuisine, fait bouillir de l'eau, se prépare un thé, retourne sur ses pas, se regarde dans le miroir. Moi ? Des photos pour une marque de lingerie ? Moi et mes trente-deux ans ? Moi et ma phobie de l'eau ? Des cours de plongée ? Des photos en maillot de bain ? Retouchées ou non les photos ? Ce n'est pas indiqué... Mais Lucie est devenue complètement folle cette fois ! Elisa est en rage. Une fois de plus, elle veut rendre service en donnant des idées à Lucie pour booster sa carrière de photographe et ça lui retombe dessus. Quand elle a vu ce reportage la semaine dernière, elle ne pensait pas à elle bon sang ! Elle n'a pas besoin de job de rêve. Sa vie, elle l'a, elle l'aime, tout est à sa place. Foutre tout en l'air comme ça ? Elle aurait mieux fait de se taire. Qu'avait-elle besoin de se prouver en parlant de ce reportage à Lucie ? C'était pour l'aider bien sûr... Tu parles ! N'importe quoi ! Vraiment... Se retrouver à moitié dénudée... Pour qui Lucie avait-elle candidaté ? Pour sa carrière ou pour Elisa ?

Elle empoigne son téléphone, essaie de joindre l'hôtel de son amie. Personne, rien, Lucie n'est pas là. Submergée d'angoisse, Elisa s'asperge d'eau froide. Le liquide claque le visage pâle. Le maquillage dégouline. Elle tente de respirer à pleins poumons puis souffle trois fois, comme la psychiatre du service pédiatrique lui a appris il y a des années, quand la vie était si dure qu'il fallait aussi lui réapprendre à respirer. Elisa saisit deux ou trois disques de coton et du lait démaquillant qu'elle applique un peu nerveusement. Une fois calmée, au moins extérieurement, Elisa retourne devant l'ordinateur du salon, comme si rien ne s'était passé.

Chapitre 3

Pour se changer les idées, Elisa s'avachit sur le fauteuil confortable du bureau de Pierre. Mais son esprit gamberge, beaucoup, trop ! En force, le film de cette fameuse soirée se déroule dans sa tête éparpillée sans demander la permission. Elle se revoit, là, en train de préparer le repas, un œil distrait vers la télé de la cuisine ocre rouge.

Tout de suite, cette émission l'avait interpellée. Dès le premier instant, ses pensées s'étaient tournées vers Lucie. L'aider à percer, pourquoi pas… Juste lui donner une idée, pour une fois. Se rendre utile peut-être. Le titre du reportage aurait fait rêver n'importe qui : *« Ces français qui ont postulé à un job de rêve »*. La première interviewée était une française qui avait décroché un travail en Australie, tous frais payés. Pendant six mois, la jeune femme avait pour mission de veiller sur les animaux et les plages du nord-est du pays. Au programme : « *Explorer la Grande barrière de corail, la forêt vierge, les parcs nationaux, les terres rouges…»* Le tout sous le soleil de l'Océanie. Pour ce travail plutôt agréable, elle recevait en guise de salaire soixante-dix-huit mille euros, de quoi s'offrir de belles vacances en rentrant de cette mission ! Tout en terminant d'écraser ses pommes de terre dans le lait, Elisa avait jeté un œil à cette jeune aventurière. Elle devait avoir le même âge qu'elle. Elle s'était dit qu'elle en parlerait à Lucie. Le journaliste avait précisé qu'une bonne dizaine de jobs de rêve étaient proposés en ligne chaque mois.

Puis Elisa avait finalisé le dressage de la table. Chaque aliment était déposé selon un code couleur réfléchi. Les assiettes flottaient sur une nappe savamment décorée. Un océan de bonheur. Une promesse d'amour et de complicité. Pierre s'était assis en silence. Les deux futurs mariés s'étaient regardés et avaient dégusté les mets préparés avec soin. Les échanges se bornaient, comme toujours, à quelques banalités mais ce n'était pas ça qui comptait. Elisa avait ensuite nettoyé le plan de travail avant de passer un coup d'aspirateur, ce qui avait fait hurler Pierre. Depuis le fauteuil du salon, il avait crié :

— Elisa ! Ce n'est pas le moment de passer l'aspirateur ! Il y a trop de bruit !

La jeune femme avait alors terminé à la hâte et s'était même autorisé un petit coup de serpillère. Elle avait éteint la lumière puis s'était connectée à son smartphone. Sans réfléchir, elle avait alors écrit LE mail à Lucie sans penser une seule seconde qu'il aurait de telles conséquences :

« *Salut Lucie.*

Comment ça se passe pour toi à Rio ? Est-ce que tes photos sont bonnes ? Quand rentres-tu ? Pour moi, tout va bien, comme d'habitude. Peux-tu me ramener un peu de tissu du Brésil ? Je pense partir sur une déco Amérique du Sud cette année. Si tu penses que d'autres objets pourraient convenir, n'hésite pas, je te rembourserai. Ce soir, j'ai regardé un reportage intitulé « Jobs de rêve ». C'était très étonnant. Sais-tu qu'une jeune française a ainsi été sélectionnée pour travailler six mois en Australie avec un salaire défiant toute concurrence. Tous frais payés. Je me disais que tu pourrais peut-être jeter un œil sur internet.

Apparemment, une dizaine d'offres sont proposées chaque mois. Je t'embrasse.

A bientôt.

Elisa. »

Avant d'aller se coucher, elle avait navigué sur les blogs tendances mode et beauté en commençant aussi à se pencher sur cette idée de déco Amérique du Sud. Elle s'était lovée dans le lit *king size*, garni de draps en soie de coton. La chambre esprit Kilimanjaro, les photos des hauts sommets enneigés l'avaient bercée tendrement vers des rêves frileux.

Là, enfoncée dans le fauteuil du bureau, perdue au milieu de ses pensées, Elisa aimerait revenir en arrière et ne pas avoir envoyé ce satané mail à Lucie. Quand la porte d'entrée s'ouvre, des pas lourds dans le couloir la ramènent à sa réalité. Pierre. Le repas à préparer D'un coup sec, elle se redresse et ferme sa session sur l'ordinateur. Ne rien lui dire. Faire comme si tout était normal. Sinon, il objecterait encore qu'elle cherche les ennuis à continuer de traîner avec Lucie.

— Bonsoir mon cœur, annonce le jeune comptable en déposant sa veste grise sur le porte manteau de l'entrée.

— Bonsoir mon amour, marmonne Elisa.

— Eh bien, tu ne me demandes pas comment s'est passée ma journée aujourd'hui ?

— Si bien sûr, excuse-moi, j'ai la tête ailleurs, je me sens un peu fatiguée ce soir. Je dois couver quelque chose. Comment s'est passée ta journée mon amour ?

— Très bien, rien de particulier à signaler…

Comme toujours, il avance mollement vers Elisa pour un baiser sec et fugace. Il la regarde tout de même ce soir-là un peu plus longuement et ajoute :

— Tu es vraiment étrange ce soir, que se passe-t-il ?

— Rien, un peu de fatigue voilà tout. Je vais préparer le repas.

Chapitre 4

Les pensées d'Elisa vont et viennent, s'emmêlent. Tout est chamboulé. Elle tourne dans la cuisine comme un lion en cage. Elle a déjà enfourné à la hâte les lasagnes surgelées, lavé puis essoré une salade de roquette et préparé une vinaigrette au basilic frais. La table est mise. Elle aimerait demander à Pierre de lui laisser disposer de l'ordinateur pour pouvoir *skyper* à son aise Lucie mais elle sait que c'est perdu d'avance. Ce n'est pas la peine de tenter une négociation. Du coup, elle se résigne. Afin d'éviter toute source de conflit, un refus quasi certain, elle se tait et continue de faire les cent pas dans la cuisine.

Pierre est vautré sur le fauteuil du bureau, connecté à son jeu Pirates en ligne. Une multitude de messages clignotent. En symbiose avec la Fraternité des Corsaires des mers, il ne cache pas son enthousiasme et lâche par à-coups des « Oh » ou « Yes » qui résonnent dans l'appartement. A vrai dire, pour lui, c'est le plus beau moment de la journée. En plus, l'ensemble de la communauté a demandé aujourd'hui sa réintégration en tant que chef, comme il l'était avant le Vendée Globe virtuel. Pas peu fier et très touché, il salue les troupes par la messagerie privée du groupe.

— Bonsoir à tous, lance-t-il comme s'il revenait d'une journée remplie d'aventures de pirate accompli.

— Salut poto !

— Hey Pierrot !

— Bonsoir mon ami !

— Et, coucou, tu es en retard ce soir mon Pierre !

— Alors les confrères, où en sont nos troupes ?

— Nous attendions ton aval pour lancer une attaque de grande envergure sur la Fraternité des Frégates invincibles.

— Très bien, laissez-moi le temps de regarder nos chiffres et je suis à vous.

Pierre télécharge alors le tableau récapitulatif du jour. Il comptabilise chaque action, chaque munition, chaque tonneau de rhum qui permettront de mettre en place une attaque contre les adversaires

Pierre est accro au jeu Pirates mais il garde sa préférence pour la compétition virtuelle du Vendée Globe. Plusieurs de ses amis entrent en jeu, pendant deux mois environ. S'ensuivent des coups de téléphone et des réunions à n'en plus finir. « Fais *attention, si tu prends cette direction, tu vas te retrouver sans un souffle d'air ». « Je suis passé devant Paul cette nuit, il faut dire que je me suis levé deux fois pour actualiser mon cap ». « Je suis en Nouvelle-Zélande, le vent est soutenu ». « En route pour le cap Horn les gars ! »*

Cela dure quelques semaines, mais c'est aujourd'hui terminé depuis une dizaine de jours, un peu plus peut-être, Elisa ne sait plus. C'est son monde à lui, elle ne s'en occupe pas. Elle le laisse et puis il faut dire que quelque part, ça l'arrange un peu, ça évite les discussions, les disputes, l'ennui. Elle se consacre à ses blogs mode et beauté et à la déco de son appartement qu'elle change chaque année au printemps.

En règle générale, Elisa se met en travaux pendant ses vacances. Cette année, les murs de la cuisine ont été peints en ocre rouge alors que le salon a été coloré en jaune Sahara. Afrique. Quelques lampes disposées aux quatre coins des pièces pour tamiser l'ambiance. Une ou deux tentures peintes à la main et expédiées par son amie Lucie : un batik du Bénin représentant des scènes de vie quotidienne, un bogolan de Côte d'Ivoire teinté de pigments naturels couleur terre et cendres de bois. Des sculptures en bronze du Burkina Faso. Un jeu d'awalé joliment gravé trône pour finir sur la table basse du salon. *Chaque chose a sa place, chaque place a sa chose…* L'année précédente, elle était partie sur un style hippie chic très en vogue… Elle aime voyager à travers ses décorations, cela lui permet de *voir du pays.* Elle supporte très mal l'avion : les longs courriers, très peu pour elle. Elle a trouvé la parade pour assouvir son besoin d'exotisme. Elisa n'a pas encore arrêté le thème suivant même si l'Amérique du Sud la tente de plus en plus. La présence de Lucie à Rio est un argument de taille : dénicher les pièces authentiques serait un jeu d'enfants.

Ses congés ne sont pas encore posés. Il lui reste trois semaines à prendre et quelques jours de récup'. Le tout avant mai. Nous sommes déjà début février, il allait falloir s'activer… La standardiste aime garder des jours jusqu'au dernier moment, elle se sent plus libre. La porte n'est pas fermée à clé même si elle ne l'ouvre jamais… Ses collègues raisonnent différemment et posent la quasi-totalité au mois d'août ou de juillet. Elisa, elle, prend une semaine fin juin et une semaine début septembre. Elle préfère éviter la foule. On lui a déjà parlé de l'agoraphobie mais Elisa n'y croit pas, elle aime juste ne pas être dérangée. De ce fait, trois semaines sont réservées pour son appartement, généralement en mars ou en avril.

Pierre ne partage pas cette passion et en profite pour s'exiler chez ses parents. Il part, seul, visiter sa famille trois semaines, en tgv, destination Antibes Juan Les pins. Chaque année, il prend soin de se réserver un stage de voile. Il devient ainsi de plus en plus assuré en mer. Passionné par le monde marin, il aurait aimé participer au Vendée Globe, course mythique, mais il n'a jamais eu ni le niveau ni le cran… Alors, il participe avec sérieux à la course virtuelle à la place. C'est déjà ça ! Les relations d'Elisa avec sa belle-famille ne sont pas au beau fixe ainsi ces vacances, chacun de son côté, arrangent tout le monde, surtout sa belle-mère ! Cette dernière peut alors retrouver son aîné, le cajoler, le bercer en le positionnant haut, sur un piédestal monumental sans témoins oculaires. Souvent, Lucie profite de ces semaines pour être aux côtés d'Elisa.

Ce soir, la table n'est pas aussi joliment décorée que d'habitude. Les assiettes, les couverts, les verres sont posés à la va-vite sans précision. Rien n'est aligné. Normalement, Elisa replace plusieurs fois les éléments afin d'être satisfaite. C'est la base pour une belle tablée, tout le monde le sait : respecter les lignes. Là, le plat de lasagnes surgelées est encore dans l'emballage vendu à cet effet au lieu de reposer dans un récipient en terre cuite décoré de quelques feuilles de laitue, couché comme s'il reposait sur un lit douillet. Les serviettes sont encore dans les ronds. Pas de vin savamment choisi, non, juste une bouteille d'eau.

— Pierre, c'est prêt !

— J'arrive, deux minutes.

Elisa s'attable sans attendre son compagnon et commence à se servir de la roquette.

— Tu ne m'attends plus pour manger maintenant ? C'est nouveau !

— Je te l'ai dit tout à l'heure, je ne suis pas en forme ce soir. Je dois couver quelque chose. Je n'ai qu'une envie : aller me coucher !

— Aller te coucher à dix-neuf heures trente ? On aura tout vu !

— Sers-toi, cela va refroidir !

Pierre découpe le plat de lasagnes de manière hésitante, peu habitué à se servir lui-même. Il dépose d'un geste maladroit une grosse part dans son assiette, saisit les couverts à salade, fait tomber une bonne partie de la roquette sur la nappe africaine en coton peigné, tourne bruyamment la cuillère dans le petit bol en céramique et verse grossièrement la vinaigrette sur la salade rescapée.

— Il n'y a pas de fromage râpé ? Du parmesan ?

— Si, dans le frigo mon amour.

Pierre se lève, agacé, déchire l'emballage et déverse le fromage en avalanche. Il souffle à trois reprises et engloutit en quelques bouchées la plâtrée. Elisa n'a pas encore touché aux lasagnes et termine à peine sa roquette que Pierre se lève et rejoint à la hâte ses compagnons virtuels :

— Désolé mon cœur, j'ai trop à faire ce soir, nous sommes sur le déclenchement d'une bataille importante.

— Ce n'est pas grave, je comprends, lui répond-elle, rodée.

De toute façon, elle n'a pas grand-chose à lui dire, il ne vaut mieux pas.

Au début de leur relation, Pierre et Elisa ressemblaient à la photo parfaite encadrée sur la commode de l'entrée : jeunes, beaux, enlacés, souriants, élégants. Ces amoureux qui se tiennent par la main, sur qui tout le monde se retourne, avec des yeux envieux. Ce jeune comptable brun aux yeux verts était non seulement très séduisant mais aussi très calme et très sérieux. Sa mère disait de lui qu'il était le gendre idéal et il ne se passait pas plus de quinze jours sans qu'elle ne pose les questions fatidiques à Elisa :

— Le mariage, c'est pour quand ?

— Et la demande, tu penses qu'il va se lancer ? Il y des indices ? Des allusions ?

— Les enfants, vous y songez quand même ?

Evidemment qu'elle y pensait Elisa mais elle n'avait pas les réponses. Tout ceci ne dépendait pas d'elle mais bien de Pierre qui ne se décidait pas à la demander en mariage. Les choses traînaient depuis trop longtemps selon Milana. Quand le sujet arrivait sur la table familiale, Pierre affirmait qu'il attendait d'abord sa promotion dans l'entreprise. Ensuite, ils pourraient s'engager dans un crédit immobilier sans crainte. Une fois l'achat de la maison de leurs rêves effectué, ils pourraient fonder cette famille tant espérée par Elisa.

Malgré tout, au fil du temps, les jeux vidéo de Pierre ont repris la place qu'ils occupaient avant Elisa. Cette dernière, quant à elle, a mis en place son protocole immuable aux horaires stricts. Au début, c'était par souci d'organisation, pour gagner du temps afin de profiter au mieux du creux des épaules musclées de Pierre. Puis, ces rituels minutés sont devenus indispensables. Aujourd'hui, le moindre changement d'organisation propulse Elisa dans un état d'angoisse extrême. Ses membres se mettent à trembler puis des vertiges l'envahissent et parfois même elle finit par s'écrouler dans des malaises vagaux sans gravité mais impressionnants.

Petit à petit, les câlins, les caresses et les jeux langoureux des deux amoureux se sont espacés et ont été remplacés par le baiser sec et fugace des petits matins pressés et des retours de travail fatigués. Sans crier gare. Aujourd'hui, Elisa ne s'en plaint pas. Elle s'en contente. Elle attend. La jeune trentenaire a du coup plus de temps à consacrer à la mode, à la beauté et à la déco. Elle en profite tant qu'elle peut puisqu'ensuite, avec des enfants, ce sera impossible. Les heures sur internet lui confèrent une vie trépidante. Il y a peu, elle s'est inscrite sur Twitter et sa vie s'égrène au fil des scoops tendances. Elle a beaucoup d'amies partageant ses passions sur les réseaux sociaux. Elle fait partie de groupes, de forums. Elle commence même à penser à créer son propre blog. Elle aimerait aussi se remettre à la peinture mais elle n'a vraiment pas la place.

Pourtant ce soir, tout est différent. Elle a besoin de parler à quelqu'un, à Lucie en fait. Quelle idée saugrenue lui a traversé la tête ? C'est invraisemblable, irréel. Son amie toujours injoignable, elle ne voit pas d'autres solutions que de récolter quelques informations sur l'annonce en question. Elle débarrasse alors rapidement la table. Point d'aspirateur ce soir et encore moins de serpillère.

Allongée sur son lit king size, Elisa connecte son smartphone et ouvre le moteur de recherche. Elle pianote : « Offres *d'emplois. Zalia lingerie* » Instantanément, elle découvre :

« Trois modèles photos amateurs pour la nouvelle collection maillots de bain

Votre job ?

Devenez modèle photos pour la nouvelle collection de maillots de bain Zalia Lingerie. Partez en Nouvelle-Calédonie tous frais payés accompagnée du photographe de votre choix et participez à une grande campagne publicitaire.

Vos qualités ?

Vous êtes passionnée de mode, créative, dynamique. Vous ou l'un de vos proches avez aussi un don pour prendre la bonne photo, au bon moment.

Votre contrat ?

Un CDD de trois semaines dans un cadre de travail unique au monde avec un accès illimité à la nouvelle collection maillots. Une mission rémunérée et un voyage tous frais payés pour mettre en valeur vos talents.

CRITÈRE DE SÉLÉCTION

Trois postes pour plusieurs milliers de candidates… Mais alors, comment se faire remarquer et attirer l'attention du jury ? Voici le critère essentiel :

La qualité de vos photos ! Nous ne recrutons pas un top model, seulement des candidates passionnées ! Vous serez jugées sur votre book joint à votre candidature. Si vous passez cette première étape, une réunion vous sera proposée suivie d'un entretien d'embauche et la signature du contrat. »

Elisa réalise que Lucie a envoyé des photos datant de quelques années, à l'époque où elles profitaient des congés d'Elisa pour partir en Turquie ou au Maroc dans des hôtels luxueux. C'est sûr, Lucie a du talent et les photos étaient le plus souvent fantastiques…Mais poser pour du public est une toute autre affaire, Elisa est pudique ! Au fond d'elle, la jolie brune sait bien que cette histoire de *job de rêve* est surtout faite pour servir les talents de Lucie. Serait-elle ambitieuse au point de bousiller la vie d'une amie ? La carrière avant tout ? Elisa chasse ces mauvaises pensées, pour se protéger, pour que sa nuit ne devienne pas trop somnifère.

Elle se concentre alors sur une tout autre question : La Nouvelle-Calédonie, c'est où exactement ? Elle en a déjà entendu vaguement parler, petite, au journal de vingt heures. Elle se souvient d'images violentes dans les années quatre-vingt. Il lui semble que c'est un endroit dangereux, un lieu de guérillas. Est-ce tranquille aujourd'hui ? Elle voit aussi, de temps à autre, à la météo, la température de Nouméa : « *Nouméa, vingt-six degrés, soleil* ». Elle n'en sait pas plus.

Elle tape alors : « *Nouvelle-Calédonie* » sur la toile. La réponse est rapide mais évasive : « *La Nouvelle-Calédonie est un archipel d'Océanie situé dans l'océan Pacifique à mille cinq cents kilomètres à l'est de l'Australie et à deux mille kilomètres au nord de la Nouvelle-Zélande, à quelques degrés au nord du tropique du Capricorne. Capitale : Nouméa.*

Indicatif téléphonique : +687. Devise : Franc Pacifique. Population : 262 000 en 2013. »

Elle balaie rapidement du regard les quelques images associées : des plages de sable blanc, des cocotiers bercés par les alizées, une carte de ce pays à la forme allongée… Elisa referme la page de recherche, envoie un message à Lucie pour l'informer qu'elle n'ira pas à la réunion vendredi quinze février à dix-huit heures. Non. Hors de question. Forte de sa décision et heureuse de tenir tête à Lucie, Elisa s'endort soulagée…

Chapitre 5
Lucie

Lucie lève le bras en direction du taxi jaune qui s'approche d'elle. La fin de journée a été excellente à Ipanéma, ponctuée de plages splendides et de passants souriants. Rio est une ville aux mille visages, aux multiples émotions. Ici, on passe du rire aux larmes en un battement d'aile. La jeune photographe a arpenté ses rues jusqu'à l'ivresse, mais ce soir, elle termine son séjour sur une touche de tranquillité : une balade en solitaire sur les boulevards menant à la mer. Ses yeux, éblouis par les couleurs du soleil couchant, brillent comme des diamants bruts.

La pétillante blonde regrette pourtant de ne pas avoir pu chasser le rayon vert, impossible à voir dans cette ville. Aux quatre coins de la planète, elle traque ce phénomène comme une hyène à la poursuite de sa proie. Une passion dévorante. Attendre que le soleil baisse à l'horizon et capter ce dernier rayon, vert, si vert, une fraction de seconde puis l'immortaliser avec son appareil. D'un coup, l'attraper avant qu'il ne se sauve. Souvent le rater c'est vrai, mais quand le cliché est capturé, précis, c'est un sentiment de victoire intense qui l'envahit. Mais ici, irréalisable. Ce n'est pas le bon côté. Elle aurait pu se rabattre sur le lever de soleil mais cela ne lui procure pas la même transe. Et elle n'est pas du matin.

Alors, son appareil photo toujours en bandoulière, elle a tenté de saisir une dernière fois les scènes pittoresques de cet endroit mythique : les joueurs de foot sur la plage, les vendeurs de maillots de bain, les baraques de location de parasols.... Elle a poussé jusqu'au quartier chic de Lebron pour dîner dans un des nombreux restaurants servant des plats brésiliens. Tous ses sens en éveil, elle a avalé les odeurs piquantes et respiré les plats savoureux jusqu'à l'écœurement. Pour les garder le plus longtemps possible en elle. Lucie a vibré au Brésil. Elle rentre en France gavée de fêtes, enivrée de gaieté et remplie de Rodrigo…

Cela fait déjà quatre semaines qu'elle est à Rio. Cette mission en *free-lance* était une aubaine. Prendre des photos du carnaval hors des sentiers battus, des préparatifs de dernières minutes au final époustouflant, fut une réelle partie de plaisir. Une chance infinie.

La célèbre fête atteignit son paroxysme ces derniers jours, du vendredi huit février au mardi douze février. Des dates qui resteraient gravées. Catapultée parmi des millions de fêtards, Lucie se laissa facilement aller au rythme de la samba dans les nombreux *blocos*, véritables défilés populaires de rues. Elle ne rechigna pas une seule fois devant la bière qui coulait à flot et se fit draguer à multiple reprises, incalculables... Entre explosions de percussions et plumes multicolores, Lucie rencontra Rodrigo, au hasard des bières et des sambas. Evidemment brun et musclé, elle ne résista pas longtemps à cet homme sexy. Les nuits s'enchainèrent ensuite, toutes blanches, torrides… Dès le départ, elle aima, à l'excès, ses caresses poignantes, son accent délicat, son corps bronzé. Lucie avait connu des hommes avant lui, un bon nombre, beaucoup d'aventures, un amoureux dans chaque port. Mais là, Rodrigo, c'était autre chose, une évidence peut-être.

Même submergée par un flot d'émotions, la photographe ne perdit pas le nord avec cette beauté ténébreuse rare : l'occasion était trop belle. Il se laissa faire après quelques verres. Le shooter, même un peu, au gré des rendez-vous, fut l'un des moments les plus sensuels de toute sa carrière, de toute sa vie. Timide au début, il finit par oublier l'appareil. Lucie sentait un potentiel énorme chez Rodrigo... Une carrière de mannequin était encore possible avec son *je ne sais quoi* de Marlon Teixera, top model brésilien en vogue et elle pouvait peut-être, grâce à ces clichés, faire décoller sa carrière. Qui sait ?

Calée dans le siège du taxi jaune, Lucie ne sait pas s'il passera à l'hôtel pour cette dernière nuit. Pas de rendez-vous. Cette relation a le parfum de l'imprévu, l'érotisme de l'inconnu, la jouissance des prémices. Elle s'imagine dans ses bras, une ultime étreinte. Rodrigo va sûrement lui manquer, plus que de raison, une fois rentrée. Une première pour cette indépendante allergique au mariage et à l'engagement.

Lucie descend du taxi, fatiguée d'avoir arpenté cette cité en fête en pensant à son retour en France, le lendemain. Satisfaite du devoir accompli, elle s'apprête déjà à ranger quelques nouveaux souvenirs dans un petit coin de sa tête. Dans le hall de son hôtel, une des hôtesses d'accueil l'interpelle :

— Madame Belcourt, nous avons réservé votre navette pour l'aéroport demain matin. Il vous faudra être prête pour huit heures.

— Parfait, je vous remercie.

Lucie monte dans sa chambre, détendue. Elle se connecte à son ordinateur, consulte ses mails et tombe sur un message d'Elisa :

« Bonjour *Lucie,*

Je viens de lire ton message et j'ai reçu un appel de l'enseigne Zalia Lingerie. Je t'informe qu'il est hors de question que j'aille à cet entretien vendredi ! Comment as-tu pu envisager que je puisse poser en maillot de bain ? Je suis bien trop pudique pour cela ! Les cours de plongée ne me motivent pas non plus, tu ne te souviens pas que je suis phobique de l'eau ?

Et le voyage en avion ! Sais-tu qu'il y a plus de vingt-quatre heures de vol ? Je ne pourrais jamais surmonter ça, c'est trop long et j'ai trop peur. Deux heures pour aller au Maroc, je veux bien mais vingt-quatre heures ! Tu es devenue folle ! En plus, cet endroit ne m'attire pas plus que ça. Pour voir des belles plages, pas besoin d'aller si loin, la Corse ferait aussi bien l'affaire !

Merci pour les éléments déco d'Amérique du Sud que tu pourras me ramener.

Pour les congés, je m'en occupe rapidement. Je pose trois semaines entre début mars et fin avril. Je vais négocier avec la direction, je suis dans les temps.

J'ai hâte de te voir.
Je t'embrasse.
Elisa

Ps : Ne me fais plus jamais un coup comme ça ! »

Lucie n'en croit pas ses yeux. Elisa a été retenue et sélectionnée ! C'est invraisemblable, il y avait tellement de candidates, des milliers. La globe-trotter est fière de son amie qui s'est démarquée. Mais surtout, quelle victoire personnelle : le book a plu ! Quelque part, il s'agit d'une petite reconnaissance car sa spécialité, ce sont les scènes de vie et les paysages, pas les portraits ni les photos en pied.

Il faut absolument que Lucie aille à cette réunion et à cet entretien. Elle ne peut pas rater une occasion pareille ! Surtout qu'Elisa l'emmènera dans ses bagages ! Cela peut-être la chance de sa vie… Travailler pour une marque de lingerie qui commence à affoler les stars américaines… Aujourd'hui, nous sommes mercredi. Demain, elle sera en France. Vendredi, elle ira la chercher directement au travail et la convaincra de se rendre au rendez-vous. Elisa sera tellement heureuse de la retrouver qu'elle ne pourra rien lui refuser. De toute façon, elle lui passe tout…

La voyageuse décide alors de ne pas répondre au message d'Elisa et prépare sur le champ ses valises afin de pouvoir profiter un peu… La porte de la chambre tambourine d'un ton décidé…

— Hey Rodrigo…

Chapitre 6

Vendredi quinze février 2013, dix-sept heures vingt, précisément. Elisa termine cette journée longue et répétitive. Le vendredi est un jour particulier, le dernier de la semaine. Dans *l'open space*, c'est « Friday wear » de rigueur pour tout le monde. La tendance est à la décontraction. Ce concept, importé il y a une vingtaine d'années des États-Unis et des start-ups de la Silicon Valley, s'est imposé peu à peu chez Gobel technologies.

Jeans et baskets ont donc fait leur apparition tous les vendredis. Aujourd'hui, Elisa est donc vêtue de son jean slim fétiche, pièce unique d'une marque très en vogue gagnée lors d'un concours de *like* sur les réseaux sociaux, perchée sur des talons aiguilles vertigineux. Une blouse blanche ajourée sensuelle effleure sa peau veloutée. Ses longs cheveux noirs ondulent et caressent son dos cambré. Elisa est vraiment magnifique, différente, unique. Les affaires commencent à être rassemblées quand sa collègue Bérangère lui demande :

— Que fais-tu ce week-end Elisa ?

— Tu sais, le samedi pour moi, c'est shopping. Le dimanche, je fais mes courses de la semaine le matin et mon ménage l'après-midi. Et toi ?

— Moi, je suis de baptême. Celui de mon neveu. C'est étrange de baptiser un petit en plein mois de février, tu ne trouves pas ?

— Oui, c'est bizarre. Je te souhaite un bon weekend. Il est l'heure cette fois.

— Ne fais pas trop flamber ta carte bleue samedi ma belle ! lance Bérangère un sourire en coin.

Elisa traverse l'*open space* qui se vide petit à petit des jeunes techniciens décontractés. Certains sourires traversent la pièce et s'offrent à la belle mais elle ne les voit pas. Elle avance, le menton haut, le buste bien droit, faisant claquer ses escarpins sur le carrelage de l'entreprise. Elle pousse la porte et là, juste là, elle aperçoit…

— Lucie ! Quel plaisir de te voir ! Je ne savais pas que tu étais rentrée, tu n'as pas répondu à mon dernier message.

— Oui, je suis arrivée hier mais j'avais beaucoup à faire. Les retours de mission sont toujours agités… Je me suis dit qu'une surprise te ferait plaisir.

— Je n'aime pas trop les imprévus, tu le sais, mais je suis heureuse de te serrer dans mes bras… Viens là…

Elisa enlace son amie avec tendresse et douceur. Ces deux-là n'ont plus grand-chose en commun en réalité mais cette complicité d'âmes perdure depuis tant d'années. Elles se connaissent sur le bout des ongles et sont capables de communiquer sans même avoir besoin de parler. Un regard suffit parfois…Il faut dire qu'elles se complètent à merveille, Lucie est aussi exubérante qu'Elisa est renfermée, aussi expressive qu'Elisa est inerte, aussi aventurière qu'Elisa est casanière…

— Appelle Pierre, dis-lui que je t'invite au restaurant ce soir, ordonne Lucie toujours un brin autoritaire avec son amie.

— Il va être en pétard si son repas n'est pas prêt, je n'ai rien préparé. D'habitude, quand je sors sans lui, je veille toujours à lui cuisiner quelque chose facile à réchauffer.

— Elisa, il peut bien se commander une pizza ton homme tout de même !

Lucie jette un regard appuyé à la belle brune qui finit par saisir son mobile. La communication est de mauvaise qualité et un brouhaha sourd se dégage. La conversation est courte et sans fioritures. Elisa sent une once de déception dans la voix de Pierre mais la perspective d'une pizza aux anchois rattrape certainement cette déconvenue.

Lucie regarde Elisa, la trouve lumineuse puis l'attire vers le taxi qui les attend sur la chaussée en lui disant fermement :

— Monte ma belle, on papotera dans la voiture.

— 44, rue des bénédictins, s'il vous plaît, continue Lucie cette fois en direction du chauffeur de l'engin.

— Tu as l'air pressé Lucie aujourd'hui. Pourquoi n'allons-nous pas prendre un verre au café Bohème plutôt ?

— Ecoute Elisa, nous irons manger plus tard et nous n'avons pas le temps d'aller boire un coup. Nous allons à ton entretien chez Zalia Lingerie…

— Quoi ? Tu arrives pour m'embusquer dans cette maudite aventure ! Tu exagères ! Je ne veux pas participer. Je ne m'en sens pas capable et je ne pense pas correspondre au profil recherché.

— Et bien alors, tu ne risques rien. Cela nous fera partager une expérience. Nous n'avons rien à perdre et ensuite j'ai réservé chez *Indian Spendeurs*.

Elisa regarde son amie et accepte cette fatalité. Le taxi, perdu au milieu d'un trafic dense, zigzague habilement entre les véhicules. Lucie sort de sa poche un petit paquet enveloppé et le tend à la belle brune préoccupée. Celle-ci déballe difficilement le présent emballé par une multitude de papiers superposés et de nœuds. Elisa découvre avec émotion trois bracelets en tissu aux couleurs variées.

— Ce sont des *fitas* de Bonfim, emblématiques du Brésil. Il faut les attacher de trois nœuds, et faire un vœu. Lorsque le bracelet se rompra naturellement, le souhait se réalisera. Chaque couleur a une signification. Je t'ai choisi le rose pour notre amitié, le jaune pour le succès et un orange pour le bonheur. Tu peux en mettre un à la cheville et les autres au poignet, gauche de préférence.

— Merci, il faut que je réfléchisse pour les vœux ! Mais je vais mettre tout de suite le bracelet orange, j'ai une idée...

Inspirée, Elisa attache de trois nœuds sa *fita* orange autour de son poignet gauche puis ferme les yeux et lance son souhait silencieusement, concentrée, en regardant le ciel par la fenêtre du taxi.

— Mesdames, nous sommes arrivés à destination, annonce le chauffeur très professionnel.

— Merci, voilà l'appoint, et bonne soirée, intervient Lucie en tendant un billet et quelques pièces.

Elisa jette un coup d'œil instinctif à sa montre. Dix-sept heures cinquante-quatre. Les deux amies sont à l'heure. Bâtiment 3C, deuxième étage. Leurs pas sont affirmés et synchronisés. La complicité des filles se devine facilement, la blonde aux cheveux crépus et la brune aux cheveux ondulés, la bohème aventurière et la classique branchée. Lucie affiche pourtant un large sourire alors qu'Elisa a l'air fermé, aucune émotion ne se dégage de ce visage aux lignes parfaites. Une fois les escaliers montés, elles tombent sur la pancarte : *« Zalia Lingerie, sonnez puis entrez. »* Evidemment, c'est Lucie qui prend les devants. Celle-ci se présente devant le bureau d'accueil et annonce, sûre d'elle :

— Bonjour Mademoiselle, nous sommes venues pour la réunion et l'entretien pour devenir modèle amateur.

— Très bien, quel est votre nom ?

— C'est mon amie ici qui a rendez-vous : Elisa Damin.

— Oui c'est exact, vous pouvez aller vous installer dans la salle de droite. La présentation ne va pas tarder. Vous pouvez l'accompagner si vous le souhaitez.

Des chaises sont parsemées dans la pièce sans ordre apparent, une quinzaine. Un grand bureau ovale occupe le fond de la pièce. Quelques maillots de bain bariolés sont déposés sur une étole en soie. Un écran, certainement prévu pour projeter des images, recouvre entièrement le pan de mur à l'arrière. L'atmosphère est silencieuse, presqu'austère.

Sept ou huit filles sont déjà installées, la plupart les jambes croisées et les jupes au-dessus des genoux. Elles se toisent, se dévisagent. La moyenne d'âge doit être de vingt-deux ou vingt-trois ans. Elisa regarde une grande blonde au teint pâle, très scandinave, qui doit atteindre difficilement la vingtaine. Cela la conforte dans l'idée que Lucie a perdu la tête et que ses trente-deux ans ne conviennent absolument pas à la situation ! Sur les murs, des affiches représentant des jeunes filles en bikini ornent les murs gris. Lucie remarque immédiatement l'une d'entre elles :

— Regarde, c'est la plage de Copacabana !

— Oui, avec un bikini, comment dire, très échancré, pour parler poliment ! répond Elisa, choquée.

Pendant que Lucie se perd virtuellement dans les bras de Rodrigo et qu'Elisa se renfrogne, la porte à côté du bureau ovale s'ouvre et laisse entrer trois femmes à l'allure décontractée mais très soignée. Elles déposent des papiers sur la table et la plus âgée commence :

— Mesdames, je vous remercie de votre présence. Je suis Britany Percy, la fondatrice et directrice de Zalia Lingerie. Notre entreprise a été créée il y a un an et demi. Nous sommes toutes jeunes sur la scène de la mode. Nous essayons de créer un univers tendance mais accessible à toutes les bourses. Afin que chaque cliente s'identifie à nos modèles, nous avons décidé de lancer une nouvelle campagne sans mannequins professionnelles. Et voilà la raison de votre présence. Sachez que si vous êtes retenues vous serez les ambassadrices de Zalia Lingerie.

La directrice jette un œil vers sa voisine de droite et lui fait signe de prendre la parole.

— Bonjour, je suis Eléonore Delamare, responsable du concours et chargée de communication. Je tiens d'abord à toutes vous féliciter puisque vous êtes les finalistes, parmi mille cinq cent quarante-trois candidatures. Vous êtes dix aujourd'hui et trois seront désignées gagnantes. Nous avons eu à choisir entre des books photos de grande qualité et le choix a été compliqué, je peux vous l'assurer ! Ceci dit, je voulais vous informer également que nous avons dû faire une petite modification dans le règlement du concours. En effet, les trois gagnantes ne partiront pas toutes en Nouvelle-Calédonie. Pour plus de diversité dans nos campagnes publicitaires, nous avons opté pour trois destinations différentes : La Nouvelle-Calédonie bien sûr, mais aussi le Brésil et le Sri Lanka.

La dernière femme poursuit la présentation. Elisa est attentive tandis que Lucie gigote sur sa chaise.

— Nous allons désormais passer aux détails techniques de votre engagement si vous êtes retenue. Je suis Madame Smati, directrice des ressources humaines de Zalia Lingerie. Comme annoncé sur le site internet, vous serez rémunérées deux mille euros pour poser avec les maillots de bain issus de la nouvelle collection Zalia Lingerie pendant trois semaines en Nouvelle-Calédonie, au Sri Lanka ou au Brésil. Vous n'aurez aucun frais à payer et tout sera compris ! Vous serez logées dans des hôtels quatre étoiles avec accès au front de mer. Des paysages paradisiaques, à couper le souffle, offriront un cadre idyllique à la prise de photos. La personne de votre choix, qui vous accompagnera, ne sera pas rémunérée mais billets d'avion, hébergements et frais de bouche seront pris en charge. Cette personne devra vous photographier. Nous prendrons en compte l'identité et l'expérience de votre accompagnateur pour départager les gagnantes ! Les activités seront à la carte et prises en charge : cours de plongée, sorties en mer, visites. Votre seule obligation sera de fournir un book d'environ cent clichés de qualité. Sachez que les photos pourront ensuite être retouchées par nos experts au siège de Zalia Lingerie. Les campagnes publicitaires débuteront fin mars et présenteront notre nouvelle collection. La diffusion sera large et utilisera tous les médias : journaux, affiches, télévision mais aussi réseaux sociaux. Il va falloir également être disponible puisque le départ est prévu le lundi vingt-cinq février. Nous sommes un peu en retard et nous espérons que les sélectionnées sauront se libérer sinon nous devrons prendre les candidates en liste d'attente. Le retour sera le dix-huit mars. Voilà pour les détails techniques.

— Avez-vous des questions Mesdames ? reprend Britany Percy.

— Si vous n'avez pas de questions à ce stade alors nous allons débuter les entretiens. Il est dix-huit heures vingt et la durée sera chronométrée : dix minutes par personne. Vous aurez seulement ce temps là pour nous convaincre que nous devons vous choisir, vous et pas une autre ! Nous allons vous appeler selon l'ordre alphabétique.

— Madame Boulina Angélique, veuillez nous suivre. Les autres, merci de bien vouloir patienter.

Elisa regarde la toute jeune et si frêle candidate suivre les trois femmes d'affaire, un peu gênée. Puis elle se tourne vers Lucie et lui dit :

— Tu vois dans quel pétrin tu m'as mise ! Tu te rends bien compte que je ne suis pas comme les autres et que je ne corresponds pas du tout au profil ! Il s'agit de jeunes filles de vingt-cinq ans maximum. Regarde-moi avec mes trente-deux printemps ! J'ai fière allure !

— Justement Elisa, c'est bien là que tu as toutes tes chances. S'ils t'ont sélectionnée, c'est justement que tu représentes une partie de leur clientèle. Tu es la seule trentenaire dans les finalistes et je crois que tu es bien partie au contraire. Et je serai avec toi, nous formerons une équipe redoutable à l'affût de la photo parfaite. Essaie juste de bien te tenir et de surmonter ta timidité, le reste, j'en fais mon affaire !

— Tu as toujours réponse à tout et au final, c'est toi qui rêves encore une fois de faire un voyage tous frais payés.

— Tu sais, moi, je ne suis pas privée avec toutes les missions en *free-lance* que m'octroie le guide touristique. Je pense surtout à toi et je te dirais même que je pense essentiellement à nous ! Depuis combien d'années n'avons-nous pas voyagé ensemble ? Six ans, le Maroc ! Et tu as besoin d'air, ta vie est un enfer !

— Un enfer ma vie ? Au contraire, elle est douce et paisible. Pour le Maroc oui, deux heures de vol ma belle ! Là, nous sommes à vingt-quatre minimum, j'ai regardé ! réplique Elisa sortant de plus en plus de sa réserve légendaire.

— La durée de vol, est-ce le plus important ? piaille Lucie.

— Pour moi qui suis phobique de l'avion, ça l'est figure-toi ! Et Pierre ? Trois semaines ? Il n'acceptera jamais !

— Trois semaines, tu ne vas pas chipoter pour un si petit voyage !

— Un si petit voyage, mais vraiment tu as perdu la tête ! L'autre bout de la terre ! Un si petit voyage, t'en as d'autres comme ça ?

— Ecoute, Pierre n'est pas obligé de savoir… Nous pouvons très bien partir au lieu de refaire ta déco, il sera chez sa mère à Juan les Pins... Et même s'il devait rester chez vous, il serait facile de lui dire que nous allons visiter les vieilles copines ! C'est déjà arrivé !

— Toujours le dernier mot ! Et un départ le vingt-cinq février, je te signale que c'est dans dix jours, je n'aurai jamais ces dates. Il faut un minimum de quinze jours d'avance pour poser les congés chez Gobel !

— Tu vois toujours le verre à moitié vide ! A chaque problème sa solution !

— Bon sang ! répond Elisa agacée.

Les deux amies ne se rendent pas compte que la plupart des candidates les observent d'un air amusé. Ces deux vieilles sont vraiment des ovnis, sorties de nulle part, qui n'ont pas leur place dans ces locaux ! Cela doit être une bonne blague !

— Madame Damin, c'est à vous.

Lucie se lève et tire par le bras son amie récalcitrante. La secrétaire les dirige vers une petite pièce ouverte sur d'immenses baies vitrées. Le jury féminin est attablé derrière un nouveau bureau ovale, en grande discussion :

— Mesdames, vous êtes deux, très bien, veuillez-vous asseoir et présentez-vous.

— Bonjour je suis Lucie Belcourt, photographe *free-lance*, trente-deux ans, célibataire sans enfant, libre comme l'air et très motivée.

— Très bien, je comprends mieux la raison de votre présence, lance la chargée des ressources humaines. Très bon point.

Les trois femmes se tournent vers Elisa avec un regard curieux. Mais rien ne sort, la belle semble tétanisée et quelques gouttes de sueur commencent à perler de son front.

— Madame Elisa Damin je présume ? Nous vous écoutons. Le temps passe vite et vous n'avez que dix minutes. Enfin, plus tout à fait…

Lucie lui donne un léger coup de pied sous la table et Elisa se lance, effrayée :

— Je suis Elisa Damin.

— Oui, nous nous en doutions, répond Britany Percy en regardant ses collègues avec un sourire complice. Mais encore ?

— J'ai trente-deux ans. Je suis en couple et réceptionniste dans une entreprise de maintenance informatique, Gobel technologies, marmonne Elisa.

— Très bien, quelles sont vos passions ?

— Je suis passionnée de mode et à l'affût des dernières tendances beauté et déco. J'ai fait une école d'art il y a plusieurs années, ma spécialité était la peinture, répond-elle poliment d'une voix légèrement plus audible.

Elisa est soulagée. Elle a réussi à se présenter, sommairement certes mais pour la grande timide qu'elle est, c'est déjà énorme. Découvrant alors qu'elle est un peu plus à l'aise qu'il y a quelques années durant un entretien d'embauche, Elisa s'auto congratule de bon cœur. Cette entrevue lui aura au moins permis de se tester.

— Mesdames, pourquoi devrions-nous vous choisir ? interroge Britany Percy.

Lucie prend la parole immédiatement :

— Parce que nous représentons l'amitié, que nous sommes complémentaires, que nous incarnons les femmes d'aujourd'hui, celles qui ont le pouvoir d'achat et encore de la fougue. Je suis une photographe professionnelle passionnée et Elisa est tout simplement… Regardez-la… Magnifique...

Le jury se tourne vers Elisa et Madame Smati lui demande, perplexe :

— Madame Damin, allez-vous être capable de poser en maillot de bain ? Vous serez ensuite placardée partout, sur les abris bus, les panneaux publicitaires, les réseaux sociaux… Y avez-vous songé ? Vous semblez un peu trop timide pour ce poste ?

Encore une fois, Lucie répond, sans laisser une seconde à son amie pétrifiée :

— Elle n'aura pas besoin de parler et le reste j'en fais mon affaire. Je signerai un contrat avec vous.

— Merci Mesdames, vous aurez une réponse dans la semaine et Madame Damin, détendez-vous, il n'y a pas à stresser de la sorte. La timidité est une maladie, je sais de quoi je parle, annonce la présidente générale, croyez-moi cela se soigne.

Pour sortir, Lucie maintient Elisa par la hanche, cette dernière montrant des signes de défaillance. Elle l'accompagne jusqu'au canapé de l'accueil, l'assoit et lui dit :

— Tiens, reste là, je reviens dans une seconde.

La jolie blonde culottée retourne dans le bureau et lance aux femmes de pouvoir :

— Mesdames, nous sommes très motivées. Ne tenez pas compte de l'attitude d'Elisa, elle ne se sent pas bien, elle a eu une mauvaise journée. Je vous garantis que ce sera une égérie singulière pour votre marque si vous la choisissez et de mon côté je me donnerai à fond pour vous fournir des clichés de haute qualité.

— Très bien madame, c'est noté, laissez-nous s'il vous plaît et bonne soirée.

Lucie récupère Elisa sur son canapé de fortune et l'entraine vers l'extérieur.

— Prends une bonne bouffée d'air pur cela te fera du bien et allons-nous détendre au Bohème bar. Je suis là, ne t'inquiète pas.

Silencieuse comme jamais, la démarche n'est plus chaloupée ni rythmée. Elisa a perdu de son assurance et de sa classe légendaire. Le menton n'est plus haut, le dos est vouté et le visage est terne et fatigué. Son air préoccupé dévaste son corps tout entier. La crise n'est pas loin, juste là, tout près.

Elle monte, dans un état second, dans un taxi que Lucie a appelé à la hâte. Les rues défilent, Elisa reprend petit à petit des forces, réalisant à peine tout ce qui vient de se jouer. Elle tâte son bracelet orange et repense au vœu qu'elle a fait…Elle imagine bien Pierre dans le rôle de sa vie… La promesse de bonheur ne semble pas débuter aujourd'hui…

Quelques rues plus loin, la voiture les dépose devant le bar vivant de la rue des Megrettes. Propulsées dans ce décor d'un autre temps, des années soixante, la musique apaisante de Neil Young résonne dans les oreilles d'Elisa et commence à l'apaiser. Elles se dirigent tranquillement au premier étage, plus calme, et s'enfoncent dans les sofas moelleux. Lucie commande alors deux mojitos et avance vers son amie :

— Ecoute Elisa, je ne sais pas si nous serons retenues mais avoue tout de même que ce serait une expérience de rêve. Un voyage que nous ne pourrions jamais nous offrir. Trois semaines ça passe vite, il faut le prendre comme un défi, qui t'aidera à surmonter toutes tes peurs et tes angoisses. Si tu ne le fais pas pour toi, fais-le pour moi.

Elisa dépose ses lèvres dans le mojito, les effluves de menthe caressent ses narines et inondent son palais. Elle se tourne vers son amie, en se disant que de toute façon, elles ne seraient jamais prises après le fiasco qui venait de se dérouler, et lui confie :

— D'accord Lucie. Nous verrons bien, trinquons à nos retrouvailles !

Les belles trentenaires enchainent un autre verre du même acabit et descendent au premier où l'ambiance commence à se réveiller. Des filles se tortillent en tous sens pendant que des jeunes hommes à l'allure hippie chic trinquent à tout va. Lucie ne peut s'empêcher de se déhancher, entrainant comme d'habitude Elisa qui se laisse faire, sans réelle émotion, sans conviction. Elle est mal coordonnée et emprisonnée dans ce corps trop long, trop frêle. Elle bouge un pied à gauche, un pied à droite, malhabile et gênée. Elle s'éclipse rapidement derrière un poteau salvateur, cachée et bien plus à son aise. Lucie ne s'en rend pas compte et continue à faire onduler son corps comme une vague déchainée, fermant les yeux pour mieux imaginer Rodrigo à ses côtés.

Trente minutes plus tard, Lucie attrape enfin son amie par la main. Les deux jeunes filles sortent du lieu incongru pour se diriger vers l'indien préféré de leurs soirées. Les naans au fromage et le poulet au curry doux sauraient redonner à Elisa la sérénité dont elle avait tant besoin. Les mojitos faisant également leur petit effet, la soirée se termine bien plus joyeusement, Lucie relatant les excentricités des brésiliens pendant le carnaval si réputé.

Quand Elisa rentre, épuisée, Pierre n'est pas couché et se rend à peine compte de la présence de sa dulcinée, tant occupé avec l'attaque en cours des Corsaires des mers.

Chapitre 7

Elisa est satisfaite de son weekend malgré le fiasco de vendredi soir : elle a finalement fait tout ce qu'elle avait prévu… Linge, ménage, courses, samedi shopping. Pourtant la mission n'était pas aisée cette fois-ci : il lui manquait dans son dressing un soutien-gorge avec bretelles amovibles. Elle a donc égrené les magasins de lingerie et, après une bonne dizaine d'enseignes réparties aux quatre coins de la ville, elle a fini par dénicher la pièce rare... Romantique, en dentelle, tendance… Cet achat lui a procuré une sensation extrême de bonheur et de plénitude après la soirée stressante que lui avait imposée Lucie. Elle ne culpabilisait ainsi pas trop d'avoir dépensé plus de cent cinquante euros pour cette pièce indispensable.

Ce lundi matin, dix-huit février 2013, une fois son protocole respecté, elle arrive au bureau de bonne humeur. Jonglant à merveille avec son poste téléphonique, elle est la virtuose du standard, la *Tom Cruise* de Gobel. Quand, tout à coup, un appel de Padier vient stopper net son enthousiasme :

— Ici Padier, Elisa, je vous attends à mon bureau immédiatement !

La belle pâlit. Que se passe-t-il encore ? Ce n'est pourtant pas le jour des évaluations… A-t-elle fait une erreur ? Boudard a-t-il appelé ? N'a-t-elle pas assez souri au bout du fil ? Elle est pourtant au top de sa forme ce matin et il serait étonnant que son sourire ne s'entende pas…

Paniquée, Elisa se lève, regarde à gauche, à droite, devant… Rien, l'ambiance est tout à fait normale chez Gobel.

— Où vas-tu ? interroge Bérangère.

— Je suis convoquée chez Padier.

La collègue prétentieuse ne réagit pas. Elle se demande elle aussi ce qui se passe. Il est en effet très rare d'être convoqué chez Padier sans avoir été prévenu au moins la veille pour le lendemain. L'homme est très pris et très organisé.

Elisa avance, angoissée. Elle cogne à la porte du bureau de l'homme de pouvoir.

— Entrez Elisa !

Le ton est sec et autoritaire. Il ne s'agit pas d'une invitation mais bien d'un ordre direct sans politesse aucune.

— Asseyez-vous je vous prie !

Sans même prendre le temps de la saluer, l'homme enchaîne, pressé :

— Dites-moi Damin, vous n'êtes plus capable de poser seule vos congés ?

Interloquée, Elisa note immédiatement qu'il n'y a plus d'Elisa tout à coup et encore moins de Madame… Droit au but… Damin tout court…. Pas très bon signe…

— Comment ça ? Je ne comprends pas Monsieur Padier.

— Ne faites pas l'innocente avec moi. Votre timidité et votre caractère renfermé commencent à peser dans votre dossier. Vous êtes l'image de l'entreprise, voire même sa vitrine puisque vous êtes la première interlocutrice de Gobel pour nos partenaires et clients. La réceptionniste a un rôle central et vous…

Padier semble alors chercher ses mots. Il fixe la jeune trentenaire, la détaille de haut en bas et non, il ne peut pas lui parler de cette façon... Elle est si belle, envoutante, mystérieuse...

— Monsieur Padier, s'inquiète Elisa, ai-je fait une erreur ce matin ? Que se passe-t-il ?

— Bon écoutez, votre sœur Lucie m'a appelé, c'est d'accord pour vos congés du lundi vingt-cinq février au mercredi vingt mars inclus. Mais je préfère à l'avenir que vous posiez vous-mêmes vos jours, et au moins deux semaines avant, afin que je puisse me retourner. Car là, vous comprenez, c'est un peu court pour mon organisation interne. Je suis disposé cependant et à titre exceptionnel à vous accorder ce privilège. Maintenant, dépêchez-vous de rejoindre Bérangère, elle est seule au standard sans vous ce matin.

Padier regarde Elisa s'éloigner. La jupe légère balance de gauche à droite. Les courbes si désirables se laissent deviner de manière élégante... Il baisse la tête puis se reprend, honteux, et décide finalement de se changer les idées en allant s'offrir un café à la machine du hall d'entrée. Il a chaud et culpabilise d'éprouver autant de désir pour cette jeune écervelée... Lui, l'homme marié et droit, l'homme honnête et respectable. Si jamais quelqu'un venait à se douter de ce penchant inavouable, sa réputation, travaillée depuis tant d'années, en prendrait un sacré coup. Le café chaud l'aide à reprendre ses esprits et il peut se remettre rapidement au travail, comme si de rien n'était.

Elisa, quant à elle, se doute que Lucie a encore fait des siennes auprès de son employeur. Comme d'habitude, la jeune photographe décide à sa place et en plus ment pour parvenir à ses fins. Maintenant, il est trop tard pour changer les dates de congés. Elle a peu de temps pour s'organiser, mettre en place son programme de vacances. Son thème de décoration Sud-Américaine lui semble encore lointain. Elle pensait faire des recherches plus fines avant de poser ses jours de repos. Quel dommage tout de même ! Cela s'annonçait périlleux cette fois. Une semaine. Ses congés débutent dans une semaine…

Elisa n'a pas vraiment le temps de s'installer à son poste que Bérangère l'interroge déjà :

— Alors ? Que te voulait Padier ?

— Oh, rien, m'informer que mes congés avaient été acceptés.

— Ah bon, c'est étrange. Il donne toujours les rendez-vous la veille pour le lendemain.

— Je sais, mais c'était urgent. Je suis en congé le vingt-cinq.

— Le vingt-cinq ! Mais c'est la semaine prochaine !

— Un imprévu.

Elisa est sauvée par la reprise des appels déferlants au standard. Elles le savent toutes les deux, trois sonneries maximum ou c'est le drame.

— Gobel technologies bonjour ! Elisa à votre service. Que puis-je faire pour vous ?

— Elisa, c'est Lucie.

— Lucie ! Mais ce n'est pas vrai. Que se passe-t-il encore ?

— J'ai appelé…

— Je te coupe tout de suite, je suis au courant. Rejoins-moi à la sortie de Gobel à dix-sept heures trente, nous verrons tout cela. Pour l'instant, je n'ai pas le temps. A ce soir.

— A plus, réplique Lucie compréhensive.

Les heures passent, Elisa poursuit sa journée avec beaucoup moins d'entrain que le matin. Les heures s'égrènent. Elle se contente de répondre professionnellement aux appels du standard et évite le plus possible les échanges empreints de banalités que sa collègue lui propose.

A dix-sept heures trente précises, Elisa est postée devant le siège de Gobel technologies. Le vent est sec et frais ce soir. Lucie n'est pas là. Elle patiente. Cinq minutes puis dix puis quinze. Elle tente de la joindre sur son smartphone. Rien, sinon le répondeur qui se met en marche directement, sans sonnerie préalable.

Padier passe devant la jolie réceptionniste sans la regarder et en pressant le pas. Avec sa tenue de mi saison, le froid commence à glacer son corps tout entier et Elisa se décide enfin à partir. En se dépêchant un peu, peut-être pourrait-elle attraper le bus de la ligne trois et reprendre son programme sans trop de retard ? Elle presse le pas, arrive à temps et passe le trajet à rêvasser en tripotant son bracelet orange. Son rêve lui semble si lointain, inaccessible. Peut-être n'est-elle pas à la hauteur ? Et cette histoire de congé le vingt-cinq, comment Pierre allait-il le prendre ? Aujourd'hui, son smartphone reste coincé dans sa poche, elle n'a plus la tête à rien. Tout part à vau-l'eau, tout s'effiloche…

Après avoir fermé la porte de l'appartement cosy africain, Elisa se sent mieux, apaisée. De toute manière, le moindre changement lui fait systématiquement perdre tous ses moyens. Elle n'aime pas que sa vie déborde. Elle a l'impression de se vider de tout son être, de se retrouver complètement nue. Elle décide alors de se faire couler un bain, seul moyen pour retrouver ses esprits avant le retour de Pierre. Celui-ci ne comprendrait pas tous ces bouleversements si soudains et si incompréhensibles. Elle ne sait même pas ce qu'elle préparera ce soir. Seul le bracelet orange la ramène à sa réalité, à sa vie, à ses aspirations enfouies mais tenaces.

La mousse se forme en épais nuages au-dessus de l'eau aux effluves de jasmin. Elle dispose quelques bougies de ci de là autour de la baignoire d'angle si peu utilisée par le jeune couple. Ils aimaient pourtant s'y retrouver il y a quelques mois encore. Les caresses prodiguées avec sensualité par la belle à son homme les comblaient de bonheur. Aujourd'hui, Pierre est trop occupé avec sa fraternité. Elle passe en second plan mais espère encore que tout rentrera dans l'ordre rapidement. Elle sait qu'en ce moment, il brigue sa promotion et a besoin de se détendre avec ses jeux. Elle laisse faire, résignée et patiente, et reste dans l'ombre quelques temps. Après les vacances, cela ira certainement mieux. Il réussira sans aucun doute à décompresser.

Le temps défile et à dix-neuf heures ce soir-là Pierre n'est toujours pas rentré. Cela ne lui ressemble vraiment pas. Elle a finalement préparé à la hâte un plat de brandade de morue surgelé, n'ayant pas le temps de s'activer en cuisine. A dix-neuf heures trente, le beau comptable arrive enfin.

— Bonsoir mon cœur, excuse-moi, j'ai été retenu au travail : une réunion avec les actionnaires qui s'est éternisée.

— Pas de souci mon amour. Je suppose que tu dois être épuisé. Si tu veux nous pouvons passer à table dès maintenant, tout est prêt.

— Oui, c'est une bonne idée en effet. Je pourrai essayer de me connecter après avec les frères corsaires, l'esprit tranquille.

— C'est d'accord. Alors dis-moi, as-tu passé une bonne journée ?

— Fatigante et longue. Mais je sens que ma promotion ne va plus tarder !

— Parfait ! C'est une bonne nouvelle !

— Oui, surtout que beaucoup de nos projets en dépendent. Je pense que les choses vont finir par s'accélérer. Cela se compte en semaines voire en jours maintenant !

— Extraordinaire ! Il nous faut trinquer alors ce soir !

— Un petit rouge ne serait pas de refus effectivement.

Pierre débouche le grand cru qu'il réserve pour les grandes occasions, un sourire magnifique aux lèvres. Cela fait des mois qu'Elise n'a pas vu son homme si jovial. Elle touche alors son bracelet orange en se disant que, finalement, le porte bonheur brésilien y est peut-être pour quelque chose.

La jeune trentenaire saisit l'instant pour lui parler de ses congés qui arrivent à grands pas. Elle cherche le début de son propos et se lance courageusement, en prenant soin de peser chaque mot pour ne pas éveiller les soupçons du beau brun qui ne manquerait pas d'être étonné d'un évènement si imprévu.

— Pierre, je dois moi aussi t'annoncer quelque chose. Je sais que c'est un peu précipité mais Lucie est revenue et elle a réussi à obtenir des semaines libres pour les passer à mes côtés. J'ai donc été voir Monsieur Padier et lui ai demandé de poser la période du vingt-cinq février au vingt mars. Nous en profiterons pour refaire la décoration ou si tu préfères, nous irons passer quelques jours chez nos vieilles copines pour te laisser l'appartement.

— La semaine prochaine, effectivement, c'est précipité. Mais écoute, cela me va. Mon père n'est pas en grande forme et ma mère ne refusera pas un peu d'aide. En plus, la période va se calmer un peu au bureau après la réunion de ce soir et je pourrais me permettre de travailler un peu à distance donc, je vais te surprendre, mais je trouve que c'est parfait. Par contre, oui, je préfère disposer de notre appartement. Je ne partirai pas trois semaines dans le sud, la période est trop importante et il est hors de question que j'ai Lucie dans les pattes !

Elisa est interloquée. Il n'oppose donc aucune résistance, bien au contraire, cette nouvelle paraît l'arranger. Qu'à cela ne tienne, les évènements si étranges de ces derniers jours semblent aujourd'hui prendre tous leurs sens.

Le repas se termine dans une ambiance détendue. Elisa est soulagée même si elle trouve que Lucie a cette fois un peu dépassé les bornes en choisissant elle-même ses jours de congés. Et puis, quand refera-t-elle sa déco cette année ?

Pierre s'éclipse dans le bureau au fond de l'appartement non sans avoir déposé un baiser délicat cette fois sur le front d'Elisa. Une fois ses corvées effectuées, la belle se connecte depuis son smartphone, exténuée et s'endort rapidement dans le lit king size en tripotant encore son bracelet.

Chapitre 8

Au petit matin, le rituel est le même mais l'humeur d'Elisa est moins austère, plus légère. Elle sent qu'avec Pierre, les choses s'arrangent et que, certainement, après les vacances, le grand moment arrivera puisque cette promotion commence à montrer le bout de son nez. Milana sera ravie, elle entrevoit déjà la fierté transpirant du visage de sa mère. Elle a hâte.

Vers midi, alors qu'elle revient de sa pause repas, elle reçoit enfin un appel de Lucie. Au bout du fil, celle-ci est surexcitée. Elle n'a même pas le temps de lui dire que, vraiment, cette fois, son appel chez Gobel Technologies était déplacé.

— Elisa, Elisa !

— Oui Lucie. Tu étais injoignable hier et tu m'as posé un lap…

— Ma chérie, excuse-moi, j'étais chez Zalia Lingerie. Nous sommes prises. Tu entends ? Nous sommes sélectionnées ! J'ai signé le contrat comme photographe ! J'ai finalement négocié une petite rémunération ! Elisa, c'est la chance de ma vie !

— C'est encore une de tes blagues ?

— Je suis sérieuse ! Ils t'attendent à la sortie de ton travail pour signer à ton tour ! Je viens te chercher à dix-sept heures trente, sans faute, je serai là ! Mon Elisa, tu imagines… C'est le début de la gloire pour nous deux ! Tu vas devenir l'égérie de la marque qui monte !

— Ce n'est pas vrai !

Elisa raccroche, s'enfuit, pousse la porte de Gobel et se concentre sur son travail… Surtout, ne pas y penser… Non, c'est incroyable. Elle ne peut pas, elle n'a pas les épaules. Ce n'est plus de son âge de rêver de gloire, de devenir une starlette. Ils vont braquer les projecteurs, ils vont l'éblouir de leur produit marketing, ils vont assassiner sa vie.

— Elisa, décroche ! Décroche ! beugle Bérangère.

La réceptionniste parfaite avec ses dix-huit de moyenne secoue Elisa pour qu'elle ne laisse pas une quatrième sonnerie retentir, mettant elle-même en attente toutes ses lignes. Au-delà de trois sonneries, c'est la catastrophe. La règle est claire chez Gobel, Elisa n'aura aucune excuse. Bérangère la pousse, elle pourrait même la claquer. Où est Elisa ? Bérangère n'a pas de solution, plus une place n'est disponible sur son poste, Elisa doit répondre !

— Gobel technologies bonjour, Elisa à votre service. Que puis-je faire pour vous ?

— Ouf ! lâche Bérangère rassurée, jonglant à nouveau avec les touches de son poste comme une furie en transe. Tu m'as fait une de ces frousses !

Revenue à elle, Elisa se rend compte du drame qui aurait pu se jouer car il s'agissait de Boudard, le grand chef, en ligne, agacé comme à son habitude et cherchant à joindre de toute urgence Padier.

La fin de journée se déroule à peu près normalement, Elisa décrochant à la vitesse de la lumière, survoltée. A dix-sept heures trente, ce mardi-là, la jolie brune est dans un état étrange sur le pas de la porte de Gobel. A peine a-t-elle franchi le sas que Lucie lui saute dessus, comme une bombe lâchée d'un avion de chasse.

— Elisa ! Je t'aime mon Elisa ! Allons-y, il n'y a pas de temps à perdre. Il faut confirmer notre candidature et signer ton contrat… Madame Percy avait peur que tu te débines… J'ai dû faire des pieds et des mains. Et pour tes congés, c'est bon, ton responsable a été compréhensif !

— Compréhensif ! Evidement puisque tu lui as inventé je ne sais quel bobard !

Le taxi file dans les rues grises et en un rien de temps, les deux belles trentenaires sont devant la plaque du bâtiment 3C de la rue des Bénédictins.

« Zalia Lingerie »

Tremblante comme une feuille froissée par le vent d'automne, Elisa signe le contrat d'engagement. Ses yeux peureux accrochés à la découverte de la pire des destinations, car la plus éloignée *: Nouvelle-Calédonie. Du vingt-cinq février au dix-huit mars. Arrivée en France le dix-neuf mars.*

Chapitre 9

Elisa retire ses chaussures à talons, sa ceinture et passe une deuxième fois sous le portique de sécurité. Pendant ce temps, son bagage à main, sa veste mi saison et son sac à main en cuir grainé progressent sur le tapis roulant.

— Madame, s'il vous plait, les liquides sont interdits en cabine.

— Mais…

L'agent de sécurité s'empare du parfum et des cosmétiques luxueux prévus spécialement pour le voyage. Le tout est jeté dans une grande poubelle transparente au milieu d'un amas hétéroclite de bouteilles d'eau, de briquets et de toutes sortes d'objets ne semblant représenter pourtant aucun danger. Des centaines d'euros s'envolent en fumée en une fraction de seconde. Le monde d'Elisa s'écroule. La main tendre de Lucie, posée sur son épaule, peine à la réconforter. L'agent brusque un peu l'ignorante pour qu'elle se presse. La queue derrière elle s'allonge de plus en plus. Encore sonnée, Elisa emboite le pas de Lucie, seul repère familier dans ce lieu transitoire où courent des gens pressés. La jeune photographe marque une courte pause après avoir jeté un œil à son amie et décide de lui éponger le front perlant de sueur. Elisa est complètement trempée. Sa transpiration déborde de toutes parts et ses mains sont affreusement moites. Elle lui demande rapidement :

— Tu te sens à peu près bien mon Elisa ?

— Pas vraiment, je suis oppressée. Mon thorax se comprime. Ma tête tourne.

— Ecoute ma belle, c'est ta peur qui te joue des tours. Respire trois fois et calme-toi. La porte d'embarquement est toute proche, assure Lucie en parfaite experte des lieux.

Le smartphone n'arrête pas de vociférer. Des sonneries incessantes qui stressent encore davantage l'apprentie voyageuse. Elle ne peut pas répondre. Impossible. Milana veut des explications mais Elisa n'en a pas.

— Eteins moi ce téléphone, ordonne Lucie. Ça devient infernal !

A contre cœur, Elisa saisit l'appareil et considère la petite lumière verte clignotante, un mail. Milana. Milana encore. Milana qui ne comprend pas. Milana qui s'inquiète. Milana qui exige des éclaircissements. Milana qui finalement lui souhaite de bonnes vacances, résignée. Elisa voudrait lui répondre, juste pour la rassurer mais l'hôtesse annonce déjà l'ouverture des portes de l'avion A330 qui les conduira à Osaka. Lucie a tout prévu pour que l'attente soit la plus courte possible afin d'éviter que son amie ne l'expose à une crise d'angoisse ingérable. Elle sait qu'une fois dans l'appareil, Elisa ne pourra que se laisser faire. Elle n'aura pas le choix. La globe-trotter a tout de même été prévoyante en préparant, dans sa besace, un ou deux tranquillisants, au cas où.

Les jambes flageolantes, Elisa est dirigée par Lucie sur le siège 43E, en queue d'avion, côté couloir. La photographe se réserve le hublot sachant que son amie n'osera pas regarder à l'extérieur. Elle attache les deux ceintures, dorlote la belle brune comme s'il s'agissait d'un jeune enfant et lui glisse, entre les doigts, un livret de mots fléchés et un stylo bleu en lui conseillant :

— Concentre-toi là-dessus. Cela occupera ton esprit. Tout ira bien, tu verras, fais-moi confiance.

— Je n'y arriverai pas, je dois sortir. Lucie je t'en prie !

— Impossible, regarde, nous décollons.

Une forte poussée cale les passagers sur leurs sièges encore davantage. Elisa ne peut plus bouger. Son cœur va exploser. Son esprit, son corps, tout s'agite. L'angoisse la submerge bientôt complètement jusqu'à l'engloutir. Elisa n'a plus aucun contrôle, elle est soudain prise de vertiges alors elle crie, dans un instinct de survie furieux :

— L'avion va s'écraser ! L'avion va s'écraser !

Tout autour, les passagers commencent à paniquer, se demandent si elle est complètement folle ou s'il s'agit d'une terroriste camouflée. L'hôtesse se précipite malgré l'interdiction de détacher les ceintures. Lucie lui jette :

— Madame, elle fait une crise d'angoisse. Elle est phobique de l'avion.

— Elle n'a pas fait un stage avant de prendre ce long courrier ?

— Non, le départ a été précipité.

— Il faut lui donner un calmant. Je vais chercher ça.

— Non c'est bon, laissez, j'ai ce qu'il faut.

Les deux femmes administrent en urgence à Elisa deux cachets tranquillisants et quelques minutes plus tard, Elisa commence à s'apaiser avant de s'endormir, peu habituée à la prise de ce genre de médicaments.

Une bonne dizaine d'heures plus tard, l'avion se pose sur la piste d'Osaka et Lucie aide Elisa à se déplacer, celle-ci étant encore assommée après ce long sommeil. Désormais quatre heures d'escale se présentent...

Lucie s'est renseignée sur les services offerts à Osaka et dirige presqu'aussitôt son amie dans un bar *lounge* afin qu'elles puissent débriefer autour d'un bon café. Ensuite, une petite virée shopping dans les boutiques détaxées plaira, elle en est certaine, à Elisa. Pour finir, elle l'emmènera se faire masser. Avec un peu de chance, la jolie brune, qui semble encore en pleine décomposition, reprendra le contrôle d'elle-même et arrivera dans de meilleures dispositions pour embarquer pour le dernier tronçon du voyage, un peu moins long… Neuf heures tout de même.

L'espace de transit d'Osaka est agréable. Composé d'une grande allée principale, il offre un nombre important de boutiques sans exagération ce qui lui donne un aspect aéré. L'esprit japonais se dégage de l'endroit. Quelques jeunes filles avancent vers les voyageurs pour proposer des produits de luxe, sans trop en faire. Un simple regard détourné et les vendeuses se retirent avec politesse et respect. Quelques restaurants ponctuent cette grande avenue aseptisée. Le lieu est parfait pour Elisa. *Chaque chose a sa place et chaque place a sa chose*. Un détour aux toilettes aide, contre toute attente, la mission de relaxation que Lucie s'est attribuée. En effet, la découverte de petits jets incorporés aux waters étonne et amuse au plus haut point Elisa qui retrouve, à partir de ce moment-là, un léger sourire.

— Tout de même, piaffe la jolie brune, les japonais sont vraiment uniques ! Il faut le voir pour le croire !

— Je pense que tu n'as pas fini de découvrir des choses ! rétorque la photographe soulagée.

Elle ne pouvait absolument pas s'attendre à ce que ce détour aux toilettes de l'aéroport d'Osaka soit le premier enrichissement culturel du voyage ! L'achat d'un parfum détaxé de grande marque et le massage japonais finissent de changer les idées d'Elisa. L'heure d'embarquer à nouveau approche et les deux femmes se dirigent vers la porte indiquée. Elisa semble moins anxieuse qu'à Paris. Lucie préfère cependant cette fois-ci prendre les devants et propose immédiatement à Elisa la prise de tranquillisant. La dose de cheval administrée il y a une dizaine d'heures faisant encore un effet, elle casse en deux un médicament et le tend à la jolie brune qui accepte sans rechigner.

Les neuf heures de vol se passent sans encombre. Elisa semble avoir surmonté un peu l'une de ses plus grandes phobies et commence tout à coup à entrevoir l'intérêt des découvertes culturelles des voyages lointains. L'idée de décorer son appartement aux couleurs du Japon, l'année suivante, l'effleure même, avec l'installation quasi certaine d'un jet dans ses futures toilettes asiatiques.

Lucie, profitant de ce moment de relâchement, trouve le moment bien choisi pour commencer à apprivoiser son amie à l'idée de poser en maillot de bain. Elle sort de son bagage à main l'inventaire des pièces des deux valises que Britany Percy a préparé. Les feuilles A4, intitulées *Zalia Lingerie, Nouvelle Collection*, sont divisées en trois parties : les bikinis, les trikinis et les maillots une pièce. La liste s'étend sur trois pages recto verso. Le dernier feuillet est réservé aux tenues de plage. *Ouf !* pense Lucie. En effet, il n'est pas question de monokini, cela représente déjà un sacré soulagement pour la photographe qui n'aurait jamais pu convaincre son amie de poser seins nus pour une campagne publicitaire…

Lucie détaille chaque nom de maillot : des appellations féminines sexy ou exotiques laissent toute leur place à l'imagination. *Diva, Oréa, Alaka, Youna, Indira, Minima, Cubanista, Intense, Candice, Garance…* En bonne *fashionista,* Elisa semble très curieuse et oublie, l'espace d'un instant, que c'est bien elle qui devra arborer ces pièces dans un but commercial… La photographe imagine déjà les prises de vue qu'elle pourra faire, les positions qu'Elisa pourra prendre, la progression du programme qui mettra le plus à l'aise son modèle. Elle décide que la prise de clichés ne commencera que le deuxième jour, elle lui laissera comme cela un petit temps d'adaptation. Elle le sait, aux îles, les touristes vivent en maillots et dès la seconde journée, cette tenue lui paraîtra déjà très naturelle. Le blocage sera alors presqu'inexistant. Elle tournera cela comme des photos de vacances de rêve entre copines, au début. Elle pouvait y arriver.

Quelques pages de mots fléchés plus tard, *il faut avouer que cet achat était vraiment judicieux et fonctionnait à merveille*, l'avion amorce sa descente. La traversée de la mer de nuages se déroule sous les yeux d'une Lucie accrochée au hublot, gobant comme une ogresse ce spectacle fabuleux et envoutant. Au milieu d'un gros amas de coton, elle flotte, divague, s'échappe. Quand tout à coup, c'est l'extase : des lignes pures se dessinent. Des couleurs magiques et indescriptibles se dégagent : du bleu lagon, du vert fluorescent, du jaune sable. De jolis petits sommets tutoient majestueusement le ciel et les nuages. Elle n'en est pas à son premier survol d'îles paradisiaques mais l'océan Pacifique, c'est la première fois. Avec plus de vingt-huit heures de voyage, la vue qui s'offre à elle lui semble être une victoire inestimable. Lucie secoue légèrement Elisa et la pousse à profiter à son tour de ce panorama de toute beauté.

Le pilote, fier de faire découvrir son petit paradis, prend l'initiative de faire un ou deux virages supplémentaires offrant des angles de vision de plus en plus irréels. Elisa n'en croit pas ses yeux, elle s'avachit alors sur les genoux de Lucie pour mieux admirer la splendide vue. La bourlingueuse ne peut s'empêcher de dégainer son appareil photo et mitraille l'horizon. Avec l'aile de l'avion, sans l'aile avec les montagnes, sans les montagnes, avec l'océan, sans l'océan, avec les îlots, sans les îlots, avec les nuages, sans les nuages, avec les crêtes, sans les crêtes… Et puis avec Elisa, surtout avec Elisa...

Quand les trappes s'ouvrent pour laisser sortir le train d'atterrissage, Elisa sursaute et son cœur se met à nouveau à battre la chamade. Elle s'agrippe aux accoudoirs en lâchant un indomptable mais léger cri :

— Oh ! Hou...

Lucie attrape ses mains, la rassure :

— C'est la procédure normale. Calme-toi !

L'avion tape à une ou deux reprises sur la piste sèche et brûlante. Il roule encore quelques minutes avant de s'arrêter complètement. Elisa semble épuisée mais plutôt fière et surprise d'avoir réussi à surmonter ses peurs maladives. Elle se découvre une once de courage. Avoir peur mais y aller quand même, le faire.

Les passeports sont vite vérifiés, les bagages rapidement récupérés et la douane et les services sanitaires dépassés sans encombre. Le passage sous les dernières portes représente le dernier sas avant un premier pas en Nouvelle-Calédonie.

Un pied sur le Pacifique Sud.

S'ouvre alors un grand hall bondé de gens de toutes sortes : vieux, jeunes couples, familles entières avec enfants courant à droite à gauche. Jamais elle n'a vu un tel mélange culturel. Multicolores, métissés, harmonieux. Un point commun : les tongs et les sourires. Elisa a une allure particulière et dénote avec ses petits talons qu'elle a réussi à garder une bonne partie du voyage, même avec ses bas de contention. Les robes de plusieurs dames affichent des couleurs vives et chatoyantes. Un air moite et lourd les saisit à la gorge, aux poumons, devenant presqu'irrespirable. Les têtes des deux femmes se mettent à tournoyer maintenant, ivres de fatigue et d'humidité.

Dans un coin de la vaste pièce, elles aperçoivent le panneau *Zalia Lingerie* que secoue un homme d'âge moyen. Très costaud, immense. Heureusement, son air gentil rattrape ce physique imposant. Elisa se demande de quelle origine il peut être. Elle le trouve beau, rayonnant.

Celui-ci s'empare alors à la hâte des bagages et installe les jeunes femmes dans un petit fourgon bleu et blanc, la navette de l'hôtel. Elles auraient aimé profiter quelques minutes de l'air pur mais le conducteur ne semble pas disposer à patienter trop longtemps. Le malaise n'est pas loin quand il les pousse à s'asseoir dans le véhicule confortable. La climatisation leur permet de s'habituer en douceur. Le chauffeur monte le son de la radio, des airs rythmés et dansants donnent le ton du pays.

— Bienvenue en Nouvelle-Calédonie Mesdames ! lance-t-il avec un large sourire.

Chapitre 10

La navette avance sur une large voie longée de palmiers royaux exubérants puis dépose les deux jeunes femmes devant l'hôtel quatre étoiles réservé par Zalia Lingerie. Alors qu'elles sont orientées vers le bureau d'accueil par le chauffeur, le bagagiste s'occupe des lourdes et nombreuses valises. Une hôtesse, magnifique métisse aux boucles soyeuses, les accueille avec un sourire bienveillant aux lèvres :

— Bonjour Mesdames, toute l'équipe est ravie de vous recevoir. Bienvenue à l'hôtel Baya pour votre première nuit en Nouvelle-Calédonie ! Dès demain matin, l'organisatrice de votre séjour de la société Arc en Calédonie, missionnée par Zalia Lingerie, viendra vous présenter votre programme. C'est elle qui vous conduira à l'aérodrome de Magenta. Vous prendrez alors un ATR de la compagnie locale à destination de l'Île des Pins, dans l'un des hôtels de notre chaîne. Vous y séjournerez trois nuitées avant de revenir ici. Veuillez me suivre s'il vous plaît, jusqu'à votre chambre. Pour le repas, ce sera côté piscine, buffet de la mer à partir de dix-neuf heures.

Les touristes suivent la jeune hôtesse en traversant tour à tour un piano bar cosy, un jardin exotique luxuriant, des couloirs ponctués d'œuvres d'art, un ascenseur parlant et pour finir s'arrêtent devant une porte blanche sur laquelle est gravé B24.

— Bâtiment B, 2ème étage, chambre numéro 4. L'une des plus belles Mesdames. Veuillez entrer, je vous fais visiter.

Immédiatement, le regard et l'être tout entier de Lucie sont happés par des immenses baies vitrées ouvertes sur une vaste terrasse surplombant un lagon à couper le souffle. La jeune photographe s'empresse vers cet extérieur féérique qui promet des clichés poignants. Elisa, elle, reste stoïque sur le pas de la porte, dans l'attente des consignes de visite de la jeune employée. La suite est luxueuse : une salle de bain avec douche massante et baignoire spa, un salon confortable, deux chambres dotées chacune d'un lit king size avec dressing…

— Mesdames, je vous souhaite un excellent séjour. Bonne installation et à ce soir pour le dîner, à partir de dix-neuf heures, répète-t-elle une dernière fois avant de s'éclipser.

Perdue au milieu de ce grand appartement, Elisa mesure tout à coup la chance qui s'offre à elle. Opportunité qu'elle aurait pu manquer si Lucie n'avait pas été là pour la pousser, si elle avait laissé ses peurs dicter sa conduite. Rescapée de ses propres démons. Admirant les camaïeux de bleu de cet horizon limpide, Elisa sent que son amie ne peut résister plus longtemps aux charmes de l'océan. En moins de trente secondes, Lucie rassemble maillots et paréos en lançant :

— Tu viens ? On va se baigner ?

D'un pas rapide, Elisa talonne Lucie qui s'est déjà engouffrée dans le couloir de l'hôtel, deux maillots de bain dans une main et des paréos multicolores dans l'autre, son appareil photo, comme toujours, en bandoulière. Elisa peine à suivre ce rythme effréné. Ses petits talons claquent sur le carrelage immaculé. Ses chaussures de citadine sont restées accrochées à ses pieds depuis Paris, exception faite de ses heures de sommeil dans l'avion. Elle marque alors une courte pause, retire ces souliers si jolis mais si mal adaptés et choisit de les porter à la main.

Elle ressent cependant un profond malaise : jamais elle ne s'est sentie aussi souillée, jamais elle n'a gardé une tenue aussi longtemps. Les odeurs de transpiration accumulées explosent sous le soleil de plomb et la chaleur moite. Les quelques débarbouillages opérés, grâce aux lingettes antibactériennes rescapées des douanes, n'ont pas arrangé grand-chose…

Foulant le sol, pieds nus, la voilà pourtant déambulant sur cette plage au sable si fin. Des gamins sautent d'un ponton plutôt vétuste en poussant des petits cris de victoire.… Quelques familles pataugent, près du bord. Tout le monde semble avoir pied à des kilomètres. . L'eau est limpide et claire, le soleil cogne de plus en plus, commençant déjà à bruler sa peau blanchâtre. Et en face, là, juste là, ces îlots... Prestigieux. Lucie tend un maillot de bain à son amie ainsi qu'un paréo.

— Ça te dit un premier bain dans l'océan Pacifique ? demande la belle affichant un large sourire *Colgate*.

— Nous aurions pu nous changer à l'hôtel… bougonne Elisa.

— Arrête de faire ta coincée… Change-toi avec le paréo, tu n'es pas si maladroite que ça tout de même ! s'agace Lucie.

Elisa ne cède pas aux ordres de la photographe. Mal à l'aise, elle retourne, décidée, dans la chambre afin de se préparer convenablement pour cette première baignade.

— Je reviens, lance-t-elle à son amie sur un ton sec.

Lucie peste et prend soudainement conscience qu'avoir Elisa comme compagne de voyage serait peut-être plus compliqué qu'elle ne l'avait imaginé... Allait-elle se détendre enfin ? Oublierait-elle, l'espace d'une parenthèse, le regard des autres ? La blonde se raisonne en mesurant les efforts déjà entrepris depuis le départ. Le combat contre sa phobie de l'avion, ce petit lâcher prise esquissé en acceptant une escapade à l'autre bout du monde. Lucie a l'habitude de voyager seule, ce qui augmente davantage cette sensation d'étouffement liée à la présence de son amie.

En un instant, la jeune photographe balance toutes ses considérations par-dessus son épaule et se lance à la mer en galopant sauvagement. Le premier contact avec cet océan si pacifique la saisit, l'empoigne. Quel soulagement et quel bonheur après tant d'heures de voyage ! L'eau est chaude, parfaite, peut-être vingt-six, vingt-sept ou bien vingt-huit degrés ? Elle s'immerge, des pieds à la tête, en prenant un plaisir tout particulier à secouer sa chevelure dorée dans l'eau salée. La pétillante bourlingueuse regarde autour d'elle, la plage n'est pas surpeuplée. Une ambiance familiale et joyeuse se dégage, pas de cris ou de pleurs, juste cette lumière insensée qui inonde chaque visage.

Une vingtaine de minutes plus tard, alors que Lucie se prélasse au bord de l'eau, les doigts de pieds en éventail, allongée sur le dos et en appui solide sur ses coudes, Elisa apparaît. Tartinée de crème solaire, elle est emmitouflée dans le paréo multicolore. Lucie la trouve belle malgré son attitude gauche. Elle ne semble pas à l'aise mais finit par s'asperger doucement, d'abord la nuque, les bras, le ventre. Après plusieurs minutes de préparation, les cheveux relevés en chignon, la timide touriste se baigne à son tour en prenant soin de ne pas mouiller sa longue chevelure ni son visage remaquillé pour l'occasion.

La lumière descend, les couleurs commencent à changer, Elisa patauge au premier plan, le ponton à l'arrière avec les enfants plongeant à chaque seconde… Lucie dégaine alors son appareil photo. La voilà déjà en train de mitrailler Elisa mais aussi la plage, les gosses, les paysages…

La jolie brune se laisse faire. Après les tranquillisants, le voyage et le stress, elle semble ne plus chercher à contrôler la situation. Le physique ayant finalement eu raison du mental…Elle se laisse bercer par le délicat bruit des vaguelettes caressant le sable blanc.

Lucie se rend compte alors que la fatigue d'Elisa pourra l'aider dans sa tâche à l'avenir. Pour l'instant, la pose n'est pas recherchée et on distingue mal le maillot de bain puisque le modèle est presque totalement immergé mais Lucie pense que c'est un bon début pour habituer Elisa, sans qu'elle ne s'en aperçoive trop. Le shooting dure une bonne trentaine de minutes, le soleil baissant de plus en plus vite à l'horizon.

— Regarde Elisa, il ne va pas tarder à se coucher. Avec un peu de chance, nous pourrons voir le rayon vert. Il n'y a pas de nuages.

— Le rayon vert ? interroge Elisa plutôt curieuse.

— Il prend la forme d'un point vert visible quelques secondes au sommet du soleil couchant. C'est magnifique et rare. Aujourd'hui semble un jour idéal pour l'observer, le lieu et le temps s'y prêtent parfaitement, informe Lucie en experte.

— Je n'en avais jamais entendu parler.

— Pour le voir, le ciel doit être clair, dégagé de poussières et de particules. La ligne d'horizon doit également être lointaine. Comme ici. J'ai passé des heures à le traquer lors de mes multiples voyages. J'ai réussi à le capter quelques fois, les clichés sont fabuleux !

— Tu ne me les as jamais montrés ?

— Effectivement, je ne pensais pas que cela pouvait t'intéresser… Pour avoir le meilleur angle, il faut d'abord être en position assise, puis, lorsque le rayon apparaît, on se lève lentement. Tu sais, c'est ce genre de phénomènes qui égayent ma vie et qui m'ont donné l'envie de me tourner vers la photo, en tant que métier mais surtout par passion, tu vois.

Les deux femmes n'ont jamais parlé comme cela. Comme si elles se côtoyaient depuis des années mais ne se connaissaient pas vraiment. Elisa regarde d'un œil nouveau son amie et entrevoit à travers cette discussion tout le monde qui les sépare l'une de l'autre.

— Tu l'as vu ? questionne Lucie.

— Non, je ne pense pas, j'ai été éblouie, j'ai fermé les yeux je crois.

— Dommage, il était fantastique. Nous aurons à coup sûr d'autres occasions mais la prochaine fois, je tenterai de saisir le moment avec l'appareil.

Dans un état demi conscient, assommées par la fatigue, les deux jeunes femmes rejoignent leurs chambres, se douchent, se préparent et filent prendre leur premier dîner, buffet de la mer. Elles profitent à peine de ce premier repas, avalent quelques crevettes et goûtent pour la première fois le poisson cru. Cela dégoûte au plus haut point Elisa mais ravit les papilles de Lucie. Elles ne vont pas ni au coin chaud ni aux desserts, trop épuisées, elles rentrent se coucher et plongent dans un sommeil de plomb.

Chapitre 11

Le jour se lève. Les portes fenêtres restées entrouvertes laissent passer les gazouillis des nombreux oiseaux nichés dans les arbres somptueux du jardin de l'hôtel. Le décalage horaire de dix heures réveille les deux femmes de bonne heure. Elisa jette un coup d'œil à sa montre mais celle-ci n'est pas réglée sur le fuseau horaire local. Le smartphone, grâce à son application intelligente, saura mieux les renseigner. Six heures pile. Précisément. Comme son réveil à la maison. Surprise mais sécurisée par cette habitude retrouvée, elle se dirige sur la terrasse et scrute l'horizon.

Lucie fait frémir de l'eau dans la bouilloire et déverse dans les deux tasses blanches le contenu des sachets de café soluble. Sur les transats de la terrasse, les trentenaires sirotent la boisson chaude bercées par le chant des oiseaux et obnubilées par le paysage.

— As-tu bien dormi ? demande Lucie

— Un sommeil lourd et régénérant, réplique Elisa allant presque jusqu'à esquisser un léger sourire.

— Moi pareil, la literie est très confortable. Regarde, cette vue est saisissante ! s'exclame Lucie impressionnée.

La photographe réalise quelques clichés qui, elle l'espère, sauront retranscrire cette ambiance de petit matin calme et parfait.

Paniquée, Elisa réalise alors tout à coup qu'elle n'a que peu d'affaires de toilettes. Ses cosmétiques et ses parfums sont restés dans la poubelle transparente de l'aéroport. Lucie lui ouvre sa trousse qui parait bien sommaire aux yeux d'Elisa. Devant cette mine déconfite, la petite blonde la rassure :

— Ce matin, nous devons rencontrer l'organisatrice de notre séjour, nous lui demanderons de nous conduire dans une parfumerie. Tu pourras y trouver je pense tout ce dont tu auras besoin.

Les deux amies se dirigent alors vers le buffet gargantuesque qui s'offre à elles, mêlant salé et sucré à profusion. Des fruits exotiques inconnus côtoient des pains au chocolat et croissants traditionnels. Elles savourent ces instants de bonheur. Elisa se détend de plus en plus dans cet hôtel de grande classe. Elle ne se sent pas si loin de chez elle. Tout est européen, mis à part les fruits, les employés et la moiteur tropicale... Elle ne s'attendait pas du tout à ça !

Sans prévenir, une jeune femme arrive à leur table, perturbant leur oisiveté jouissive :

— Lucie et Elisa ?

— Oui, tout à fait.

— Bonjour, je suis Laurène. Je travaille pour la société Arc en Calédonie. Je suis missionnée par Zalia Lingerie pour organiser votre séjour. Mon objectif est de vous emmener dans les endroits les plus adaptés pour vos photos. Je vous préviens, le programme va être chargé et je vais vous l'exposer rapidement.

Laurène leur tend un tableau, sorte de calendrier en noir et blanc. Pas de chichis, c'est du pratique. Elle expose alors à la hâte qu'aujourd'hui, mercredi, elles décollent pour l'Île des Pins, trois nuits. Puis elles reviennent à Nouméa, ici, dans le même hôtel, trois nuits également.

Ensuite, elle parle des Îles Loyauté, d'une île nommée Lifou dont Elisa n'a jamais entendu parler. Elle évoque des noms étranges également comme Poé, évoque bizarrement une poule apparemment célèbre et un lieu nommé Poindimié. Le programme semble prêt à exploser et le séjour paraît agité…

— Je ne serai pas toujours avec vous, poursuit Laurène, mais je ferai mon maximum pour faciliter vos déplacements. Il faudra me remettre tous les trois quatre jours vos photos. C'est moi qui serai chargée de les transférer à Mme Percy.

Laurène marque une courte pause dans son exposé et regarde tour à tour les deux femmes. Lucie affiche un sourire satisfait tandis qu'Elisa, comme à son habitude, ne dégage aucune émotion, comme si elle entendait sans écouter, comme si elle était ailleurs.

— Cela va passer vite les filles. Il faudra bien profiter de chaque lieu pour prendre vos clichés. C'est un travail avant tout, mais rien ne vous empêche de prendre du plaisir. Les sorties et déplacements sont gérés sur place. Vous n'aurez qu'à vous laisser faire. Au retour de l'Île des Pins, nous nous verrons pour faire le point sur vos premiers shootings. Est-ce que vous avez des questions ?

— Oui, réplique Lucie. Elisa s'est fait confisquer ses produits de beauté, parfums et cosmétiques par la douane à l'aéroport. Pouvez-vous nous conduire dans une parfumerie avant le départ pour l'Île des Pins ? C'est primordial pour les photos ! ajoute la bourlingueuse, sur un ton autoritaire.

— Votre avion est à onze heures. Je vais vous y amener moi-même et nous regarderons ensemble quelles valises vous emmènerez pour l'Île des Pins. Vous ne pouvez pas tout prendre, vous n'avez droit qu'à douze kilos chacune au lieu des deux fois vingt-trois kilos autorisés pour votre long courrier. Il va falloir être sélective, surtout sur les maillots, en fonction des photos possibles là-bas. Allons-y, pas de temps à perdre, il est déjà huit heures.

Elisa, en retrait, se laisse faire avec un air neutre. Elle est bonne comédienne car en son for intérieur, c'est l'apocalypse qui se déclenche. Tout se mélange. Elle se sent complètement ligotée par ces deux femmes décontractées qui n'ont rien à voir avec elle. Elles paraissent trop affirmées et il lui semble impossible de refuser quelque chose. Son destin est entre leurs mains, pour le pire comme pour le meilleur. Obligée de lâcher prise, Elisa est en panique. Reprendre un avion ? Ce n'est pas possible, elle en sort à peine… Poser en maillot de bain ? Elle ne peut plus ni avancer ni reculer. Face à son destin, bon comme mauvais, elle ne peut plus rien faire.

Laurène est une jolie fille aux cheveux dorés délavés par le vent et le soleil mais mal entretenus, les pointes fourchues, en bataille, sans réelle coupe… Au niveau vestimentaire, c'est la décontraction poussée à l'extrême pour une représentante d'un organisme de voyage missionnée par Zalia lingerie. Une robe bariolée au-dessus du genou et des sandales en cuir des plus basiques au monde. Un peu baba cool en fait. Mais son air gentil soulage une Elisa apeurée.

Le détour à la parfumerie est bref. Une boutique comme elle en a l'habitude chez elle, en plus petit et en plus cher, voilà tout. Dans les rues, des femmes aux robes longues très colorées et des gamins pieds nus ou en tongs captent son attention. Au loin, elle aperçoit une fumée sombre qui s'échappe d'un bâtiment hors d'âge. Lucie informe sur un ton désespéré :

— La SLN, l'usine de nickel de Nouméa…

Laurène change vite de sujet, trouvant qu'il est trop tôt pour aborder les problèmes environnementaux qui lui tiennent tant à cœur et profite du passage de quelques familles pour introduire les filles aux us et coutumes linguistiques :

— Ici le mot *tongs* est à bannir, il faut dire *claquettes*. Il y a les claquettes de sortie, les claquettes du dimanche, les claquettes de tous les jours…

Elisa regarde à droite, à gauche et effectivement, tout le monde est en claquettes. Elle l'avait déjà remarqué à l'aéroport. Peu de talons… Elle en a croisé quelques-uns aux pieds de certaines dames mais rien de vertigineux… Beaucoup de capuches sur les têtes des jeunes hommes, certainement pour se protéger du soleil étant donné que le froid n'existe pas. Les voitures sont les mêmes qu'en France, avec une proportion cependant plus importante de quatre-quatre. Rien d'extraordinaire en fait, une impression de petite ville de province, la chaleur étouffante en prime. C'est de toute façon au pas de course que les trois femmes traversent Nouméa.

De retour à l'hôtel, Elisa tente de faire entendre sa voix sur les choix des vêtements à déposer dans les valises mais rien n'y fait. Elles sont bourrées à la hâte d'une multitude de maillots de bain, de quelques robes d'été et des trousses de toilette sans oublier un bon nombre de paréos aux couleurs vives et variées… Laurène remplace le tube de crème solaire des filles en expliquant qu'« *Ici, il faut de l'indice cinquante et non pas vingt* »… Elle ajoute des paquets de tortillons anti moustiques en prévenant qu'elles vont se faire « *bouffer* »… Puis jette aux pieds des trentenaires des claquettes en caoutchouc bleues et vertes. Affreuses de banalité !

— C'est le plus pratique, ajoute la voyagiste. Laissez vos autres chaussures ici, vous n'en aurez pas besoin…

Les autres bagages sont entreposés dans une salle de l'hôtel, Laurène les conduit jusqu'à l'aérodrome de Magenta, à quelques lieues de l'hôtel, et les dépose en lançant :

— Et souris un peu Elisa !

Cette remarque la ramène aussitôt dans la cuisine, face à Milana, avalée par la nappe fleurie…

Chapitre 12

Grâce au demi-cachet administré par Lucie, le voyage se passe plutôt bien même si Elisa continue à sursauter au moindre bruit. L'avion semble atteindre son altitude de croisière quand l'hôtesse se présente devant l'élégante brune et lui propose :

— Mademoiselle, les pilotes vous invitent à passer le reste du vol à leurs côtés. Suivez-moi je vous prie.

— Je n'ai aucune envie d'aller dans le cockpit, rétorque Elisa abasourdie.

— C'est une chance en or Elisa, interrompt Lucie. J'en ai fait l'expérience une fois et c'était extraordinaire. Crois-moi, vas-y !

— Elle a raison, surenchérit l'hôtesse.

— Pourquoi moi ? demande alors Elisa gênée par son propre refus. La proposition semble être un merveilleux privilège aux yeux des deux autres femmes.

— Le hasard Mademoiselle ! Les pilotes repèrent parfois une jeune dame ou un enfant et lui proposent, quand le cœur leur en dit. C'est aléatoire.

— Vas-y ! répète Lucie.

Encore une fois, Elisa se laisse faire et se fait conduire quelques mètres plus loin dans le soi-disant fabuleux cockpit. A l'ouverture de la porte, elle est surprise par l'étroitesse du lieu mais ses yeux vagabondent rapidement vers l'immense pare-brise pointant vers l'horizon dégagé.

Elle est installée sur un siège en strapontin, équipée d'un casque et d'un micro.

— Bonjour et bienvenue. Mettez le casque mademoiselle, c'est une obligation, ordonne le jeune pilote ténébreux.

— Bonjour, comment vous appelez-vous ? demande le co-pilote encore plus jeune mais non moins charmant.

— Elisa, répond-elle d'un ton obligé, légèrement endormie sous l'effet du tranquillisant.

Elle n'ajoute pas plus de mots mais observe devant, à droite, à gauche. Elle se croirait presque devant l'ordinateur de Pierre ou encore attablée à son propre bureau de Gobel, éblouie par les illuminations intempestives du téléphone. Passé l'étonnement, elle découvre peu à peu l'envers d'un décor qui la terrorise. Les deux hommes semblent très calmes, confortablement installés, détendus. Ils se tournent vers la visiteuse et lui disent :

— Nous allons amorcer la descente, vous êtes logée dans quel hôtel ?

— Je ne sais plus, en front de mer je crois.

Les deux hommes pouffent de rire et expliquent alors que la majeure partie des hébergements se situe en front de mer puisque l'île est plutôt petite. Ils effectuent alors quelques virages à l'approche de la terre ferme en vantant les beautés du lieu, citant quelques noms étranges de plages… Kanuméra, Kuto, Gadji... La vue somptueuse des camaïeux bleus dignes des rêves les plus fous l'envoute entièrement. Elle pourrait composer ainsi une toile splendide en s'inspirant de cette palette incroyable.

L'avion se pose en douceur sur la petite piste. Elisa remercie ses deux hôtes avant que ces derniers n'ajoutent :

— Bonnes vacances sur l'île la plus proche du paradis !

Elisa rejoint Lucie qui l'attend déjà sur le tarmac brûlant. Les deux jeunes femmes suivent alors le petit groupe de passagers vers l'intérieur de l'aérodrome à l'allure modeste. Une fois leurs valises récupérées en un temps record, elles aperçoivent le panneau *Zalia lingerie* s'agiter devant elle, comme la veille.

Prises en charge par une navette blanche et bleue, les voilà sillonnant une petite route bordée de végétation plutôt sèche mais dense. La musique rythmée égaie l'atmosphère. Les vitres ouvertes, les cheveux aux vents, les deux amies sentent un bien être fou monter en elles. L'odeur du lieu est saine, pure, enivrante. Un peu comme ses vacances à la campagne, chez sa tante, quand elle avait dix ans et savait encore se relier à la nature. Loin, si loin de Gobel, de Pierre, de Milana et de la nappe fleurie. Une bonne vingtaine de minutes plus tard, une allée élégante, longée de palmiers royaux, accueille les vacancières. Le scénario se répète, le cahier des charges du service d'accueil doit être le même que celui de Nouméa. Traversant tour à tour un jardin luxuriant, un restaurant avec terrasse au fond de laquelle trône une petite estrade, une spacieuse piscine à débordement, la jeune hôtesse les conduit jusqu'au dernier bungalow offrant une vue imprenable sur une plage inondée de beauté et de paysages aux lignes impeccables. Les deux femmes visitent le logement prétentieux puis sont invitées à se diriger vers le restaurant où un cocktail de fruits fraichement pressés les attend.

La clientèle de l'hôtel semble légèrement différente de celle de Nouméa : beaucoup de japonais et quelques couples BCBG portant avec classe shorts et claquettes ou robes légères, selon le sexe. Elisa pense à Laurène qui avait raison : les talons ne lui auraient servi à rien.

Un responsable clientèle vient se poster à leur table en leur exposant les excursions réservées pour elles :

— Aujourd'hui, vous êtes libres de profiter des plages de Kuto et Kanuméra. Vous verrez, c'est à couper le souffle ! Demain, une excursion en baie d'Upi en pirogue suivie d'une après-midi à la piscine naturelle vous est suggérée. Vendredi, vous disposerez d'une voiture de location pour un tour de l'île qui vous permettra de bénéficier de paysages très variés pour vos photos. Samedi sera le jour de votre retour sur Nouméa, au choix pour la matinée : les plages ou baptême de plongée. Tenez-moi au courant si je dois réserver, la veille pour le lendemain minimum en ce qui concerne la plongée.

— Maintenant place à la dégustation, annonce le responsable, vous pouvez accéder au buffet par-là, grillades à volonté au bord de la piscine.

Poissons grillés et légumes composent alors leur premier repas à l'Île des Pins. Les formules buffets étant apparemment prisées dans le coin. Après un café serré, les deux belles décident de se délasser sur les plages, les derniers jours de voyage les ayant exténuées. Lucie déballe alors la valise de maillots de bain et de paréos et propose à Elisa d'en choisir deux ou trois afin de les essayer. Les pièces lui vont à merveille et la belle défile bientôt comme une star dans le bungalow tranquille. Les compliments de Lucie à n'en plus finir mettent Elisa à son aise. La blonde dégaine alors son appareil photo et la shoote plusieurs fois sans en faire tout un cinéma. Lucie sait bien que les clichés seront mauvais mais ce n'est qu'une préparation, une mise en bouche qui amadouera son amie.

Les paréos noués avec élégance autour de la taille, les claquettes aux pieds, les deux amies avancent d'un pas lent vers la plage parsemée de quelques lits suspendus et de transats en bois. Un couple de japonais, palmes aux pieds, masques sur les yeux, tuba dans la bouche et bouée canard à la taille s'occupent du spectacle. S'ensuit alors un fou rire intense que ni l'une ni l'autre n'arrivent à calmer. Pour Elisa, c'est une renaissance, cela fait des années qu'elle n'a pas ri de la sorte. Elle sent s'extirper stress et lourdeurs accumulés. Bras dessus bras dessous, tentant sans succès de se maîtriser, les jeunes femmes se laissent aller dans l'eau d'un intense bleu turquoise, chauffée à une température idéale. La beauté du moment finit par les apaiser tandis que les japonais s'éloignent doucement du rivage. Elisa s'immerge alors complètement, laissant couler sur son visage les traces d'un maquillage hors de propos.

Lucie s'échappe avec discrétion et commence à préparer son appareil. Elisa n'oppose pas de résistance, captée par le bien être que lui procure ce bain de jouvence. La jolie brune est somptueuse. La lumière du lieu rendrait de toute manière photogénique n'importe lequel ces modèles. Lucie se poste derrière le lit suspendu et attend le moment ou sa proie sortira de l'eau à son tour, avec patience. Quelques minutes plus tard, elle se redresse, faisant tournoyer ses longs cheveux bruns pour se dégager le visage, puis avance doucement vers les paréos posés sur le sable fin. Lucie mitraille. Les clichés, elle le sait, seront encore médiocres car il faudrait qu'Elisa accepte de poser pour obtenir des photos parfaites. Mais elle a bon espoir, sa stratégie marche pour l'instant comme sur des roulettes. Lucie sent une Elisa détendue, contre toute attente, à l'aise en maillot de bain et pieds nus. Les choses sérieuses allaient pouvoir commencer. Elle s'approche du modèle et lui chuchote :

— On s'fait une petite séance de shooting ?

Elisa la toise, regarde l'horizon et les deux japonais au loin, baisse les yeux, les ferme, sourit légèrement, se retourne puis s'étend en prenant une pose suggestive, caressée par le rivage et les alizées tendres. Le bikini fleuri vert et orange, lui, tranche avec la timidité d'Elisa. Elle semble bien trop pâle, bien trop froide… Pourtant, contre toute attente, Elisa bascule ses longs cheveux en arrière, lève la jambe droite, plie le genou, enfonce ses orteils doucereux dans le sable blanc et précieux, se retourne, s'appuie sur ses coudes, s'allonge complètement, se recouvre du sable complice, se roule dans l'eau pure, tient sa tête avec ses deux mains, lance un regard espiègle à la photographe, boude, sourit, s'assoit, se lève, court vers l'océan, s'asperge, revient, ondule.

Lucie shoote, Lucie tourne, Lucie shoote, Lucie s'approche, Lucie shoote, Lucie recule, Lucie shoote, Lucie revient, Lucie shoote, Lucie s'enivre enfin, Lucie perd la raison, Lucie est pompette, Lucie est complètement bourrée, à la folie. Lucie est bien, comme dans les bras de Rodrigo un soir de carnaval de Rio.

Puis, Elisa grimace, se tord, ne sait plus quoi faire, ne peut plus, s'effondre sur le paréo, ferme les yeux, voit Milana, voit Pierre, s'en veut, s'endort, harassée.

Quand elle ouvre enfin un œil, Lucie chasse son rayon vert, assise au bord de l'océan poignant. La brune mal réveillée s'approche, s'assoit à ses côtés et ferme les yeux, éblouis par trop de lumière.

— Mets-toi dos au soleil puis retourne-toi à mon signal, aujourd'hui, tu le verras.

La couleur orangée du disque solaire va virer au vert, le moment arrive.

— Retourne-toi, vite ! ordonne Lucie surexcitée.

Elisa s'exécute. Instant magique : c'est le rayon vert. Puis plus rien. Le soleil est couché. C'est fini.

— Je l'ai vu, ce point vert à l'horizon ! s'exclame Elisa victorieuse en direction de son amie.

— Et moi, je l'ai shooté ! s'écrie Lucie.

Les deux femmes s'éloignent alors, foulant le sable si fin, si doux, si blanc, bercées par la lumière du jour qui s'évapore tranquillement, seules au monde, au milieu de ce paysage grandiose et de ces odeurs de pins si enivrantes. Elles ne parlent pas, ce n'est pas la peine. Lucie plonge un court instant dans Rodrigo pendant qu'Elisa entrevoit Pierre, certainement absorbé par des batailles de première importance dans sa chambre de garçonnet à Juan les Pins.

Chapitre 13

Le bungalow luxueux exauce toutes les promesses de calme et de volupté. Le peignoir soyeux et délicat, le deck de la terrasse en Kohu, la baignoire spa, le thé à la bergamote. Elisa sourit béatement.

Lucie n'en revient pas, son amie revenant petit à petit à la vie, son visage transfiguré de tranquillité, esquissant quelques valses parsemées vers une liberté inespérée.

Le soir, au buffet de la mer, la salle est animée. Un groupe de musique local amené par un certain Bitou Minou déhanche petit à petit les couples amoureux tandis que les japonais se recroquevillent sur leurs assiettes. Les reprises des Cabrel et autres stars de la variété française s'enchaînent. Quelques habitants du coin, ou peut-être de la famille, encerclent peu à peu les musiciens et c'est tous ensemble qu'ils entonnent avec ferveur :

« *Ne la laisse pas tomber,*

Elle est si fragile,

Être une femme libérée, tu sais,

C'est pas si facile ».

A la guitare, le vieux rasta à la cinquantaine bien sonnée marque le tempo avec passion tandis que le jeune bassiste sautille à tout va. Bitou Minou explose au chant et virevolte sur la scène comme un Mick Jagger survolté. Il saute dans le public en transe, embrasse entre deux couplets une mamie exaltée puis grimpe à nouveau sur l'estrade en pointant du doigt le guitariste concentré. Les spectateurs ponctuent les refrains de « Tchaaa », de « Ssss » et de claquements de mains.

Lucie n'a plus faim, comment résister ? Elle s'échappe et se mêle à la folle mélodie de la soirée, au coude à coude avec les frangins de la tribu, souriant devant la tournure de la soirée. Les sifflets résonnent, les applaudissements fusent. Les gens se mélangent, les gens sont heureux, les gens sont bien. Elisa observe de loin, semblant attirée par le groupe de bienheureux, tentée d'y aller mais n'osant pas et renonçant pour finir, inhibée.

— Mesdames et Messieurs, un court entracte, le temps de descendre une petite binouze, annonce fièrement Bitou Minou en star de la soirée.

Lucie rejoint Elisa, avec, à son bras, un gars locksé, métissé sûrement, vingt-cinq ans peut-être, un tee-shirt blanc avec quelques inscriptions publicitaires *Pita plomberie*, et le short claquettes de rigueur.

— Pita, je te présente Elisa, ma meilleure amie. Elisa, voilà Pita, c'est le neveu de Bitou Minou le chanteur.

— Bonjour Pita, marmonne Elisa gênée.

— Que voulez-vous boire ? demande Lucie, prenant les choses en main, comme d'habitude.

— Un mojito si c'est possible, répond Elisa, ne connaissant finalement que très peu d'alcools et choisissant le confort de la sécurité.

— Une *number one*, répond Pita, tranquillement.

Lucie lève la main en direction de la petite serveuse. Elle s'approche. Pita semble la connaitre et ils se saluent familièrement, le sourire accroché aux lèvres.

— Tu la connais, demande Lucie ?

— Oui, c'est ma petite sœur, répond-il brièvement.

Les trois trinquent poliment. Pita ne semble pas plus bavard qu'Elisa et Lucie meuble comme elle peut la conversation, si mal à l'aise avec les silences.

— Bitou Minou pour vous servir et les Sila's band au grand complet ce soir, s'époumone le chanteur avec énergie au micro.

Lucie et Pita terminent *cul sec* leurs verres, abandonnant Elisa après avoir insisté, puis retournent s'agglutiner devant la petite estrade sur laquelle le groupe se déchaine de plus belle. La brune est surprise devant tant de bonne humeur, de joie et de mélange. Rien à voir avec le bar de la rue des Mégrettes, tout cela paraît si simple, si facile et du coup si joli. Un slow annonce la fin de la soirée, Elisa observe Lucie entourée par tous les frères et cousins de Bitou Minou, bras dessus bras dessous avec une jeune dame en robe colorée riant aux éclats. Elisa l'envie un peu, elle aimerait se laisser aller aussi mais elle a peur, peur du regard des autres, de passer pour une fille légère, peur de tomber, de mal danser, de rire trop fort, peur qu'on se moque.

Après quelques embrassades, Pita et sa cousine Lala lancent un :

— A demain les filles !

Une fois le rendez-vous pris, sans connaître ni l'heure ni le lieu, les deux jeunes femmes rentrent s'effondrer dans la literie impeccable du bungalow, l'esprit tournoyant doucement autour des quelques mojitos avalés lors de la soirée.

Au petit matin, réveillée par le gazouillis incessant des oiseaux cachés dans les arbres centenaires, Elisa prépare le café soluble mis à disposition par l'hôtel et s'allonge sur le transat en bois recouvert d'un fin matelas moelleux. Elle voudrait ajouter une sucrette mais il n'y en a pas. Elle ne veut pas de sucre, blanc en plus, interdiction. Elle regarde sa montre et se rend compte qu'elle ne l'a toujours pas réglée sur le fuseau horaire de la région, va chercher son smartphone, six heures pile. Surprenant. Calé sur l'horloge atomique mondiale. Jeudi vingt-huit février 2013. Lucie dort encore et à six heures vingt-cinq, la voilà s'aventurant sur la magnifique plage de Kanuméra, pieds nus, évidemment, puisqu'elle n'a que des claquettes bleues et vertes. Elisa trotte, à petites foulées, foule le sol et balaye du pied les grains de sable entassés. Elle est à sa place, un peu comme à la maison. Elle serait bien passée jeter un rapide salut à Gabriella, la boulangère si parfaite qu'elle croise chaque matin lors de son protocole immuable, mais elle ne voit pas de Gabriella et encore moins de boulangerie. Elle accélère un peu, emprunte un petit chemin *coltaré* qui l'amène vers la plage suivante, qu'elle ne connaît pas, qu'elle n'a jamais vue, qui est encore plus magique. Un petit panneau de bois « Kuto ». Les couleurs harmonieuses du rivage l'attirent. Elle s'approche, trempe ses pieds, se régale, avale la mer, la plage, le ciel. Elle s'immerge totalement, purifiée par ce bain, elle se retourne et…

— Mademoiselle Elisa ?

Elle pense entendre des voix. Mais la jeune femme aperçoit Pita allongé sous un cocotier délesté de ses noix. A la main, la demi-coco attend d'être bue. Il la tend à la belle brune mouillée. Elisa fait une grimace, elle apprécie peu. Le goût est fort, il ne ressemble en rien à ce qu'elle connaît de la coco.

— Tu n'aimes pas ? demande Pita

— Pas trop, mais ça va, répond la belle un peu gênée.

Il tend cette fois une papaye bien mûre et lui dit :

— Mange un peu alors, cela fera passer le goût.

Elisa pose sa bouche sur le morceau de fruit et grignote avec la plus grande prudence. Son visage a meilleure allure que pendant l'ingestion de la noix de coco.

— Tu préfères ? questionne le garçon locksé.

— Oui.

— C'est bizarre, d'habitude, les touristes n'aiment pas la papaye mûre. Ils la préfèrent râpée en salade et bien verte. Vous êtes ici pour les vacances ?

— Oui et non, nous avons quelques jours pour faire des photos de maillots de bain pour une marque de lingerie qui nous offre le voyage.

— Ah bon.

Le jeune homme semble étonné mais ne pose pas plus de questions puis ajoute :

— J'attends le bateau, en pointant le *warf* au loin.

— Tu pars ? demande Elisa.

— Non, je viens récupérer du *fret* pour la tribu. Lala me rejoint tout à l'heure, nous préparons une coutume pour une réservation de mariage.

— Une réservation de mariage, vous réservez quoi ? Une salle ? Une date ?

— Non c'est un moment important où un garçon vient réserver une fille pour se marier.

— Ah, tu veux dire des fiançailles ?

— Oui, un peu comme ça.

— Et nous avons aussi un mariage en préparation la semaine prochaine, c'est à Lifou. Toute la tribu y va. C'est une cousine qui va se marier avec un garçon de là-bas.

— Vous avez beaucoup de mariages on dirait.

— Oui, pas mal. Et toi, tu es mariée ?

— Non, pas encore mais bientôt je pense.

— Très bien. Tu prends ton temps.

— Voilà, bon je te laisse, Lucie doit me chercher partout, conclut Elisa gênée.

La belle s'enfuit, galope un peu plus vite que d'habitude, traverse les plages somptueuses qui lui claquent au visage. Quand elle arrive essoufflée au bungalow, il n'est pas l'heure du tout puisqu'il est sept heures trente et que Lucie est déjà debout. Elisa voulait la réveiller à sept heures en lui apportant un petit café comme elle l'aurait fait avec Pierre. Mais c'est trop tard, Lucie se prélasse sur le transat du deck, inondé de lumière. Elisa évoque rapidement Pita, puis les deux filles se décident à se rendre au buffet des petits déjeuners, aussi achalandé qu'à Nouméa. La serveuse les informe que le départ pour la baie d'Upi se fera dans le quart d'heure suivant, leur donne un sac chacune avec masques, tubas, serviettes et de petites palmes. Elles sourient avec gentillesse et souhaitent une bonne journée en douceur. Lucie se hâte de choisir paréos et maillots coordonnés de Zalia Lingerie. Elle opte pour des coloris rouge orangé aujourd'hui.

Chapitre 14

Quand la navette bleue et blanche les dépose dans la petite baie Saint Maurice, Elisa est stupéfaite par le nombre de pirogues à balanciers amarrées. Une bonne dizaine d'hommes de tous âges, shorts, claquettes, tee-shirts publicitaires et casquettes assis sur des troncs d'arbres faisant office de bancs, le sourire aux lèvres, la plupart fumant un tabac brun à la forte odeur nauséabonde. Le chauffeur les accompagne vers l'un d'entre eux, plus souriant que les autres.

— Voici Alphonse, l'un des plus anciens piroguiers de l'Île des Pins. La pirogue est réservée uniquement pour vous deux. Il n'y aura pas d'autres touristes avec vous. Alphonse est prévenu que vous êtes là pour une mission photos donc il fera quelques arrêts dans les sites les plus appropriés. Ensuite, il vous laissera au bout de la baie d'Upi, vous marcherez une bonne quarantaine de minutes avant d'accéder à la piscine naturelle de la baie d'Oro. Un repas langouste est réservé à la tribu puis je vous récupère vers seize heures devant le gite. Bonne journée mesdemoiselles, termine le chauffeur.

Alphonse, le sourire vissé à son visage transpire de bonté Il invite les demoiselles précieuses à s'assoir chacune de part et d'autre du mat, *pour l'équilibre* assure-t-il. Il indique que le temps est parfait, qu'il n'aura pas besoin de faire trop usage du moteur et que la majeure partie du trajet se fera à la voile. Il tend une bouteille d'eau aux deux amies en leur conseillant d'en faire bon usage, les incite à se couvrir de crème solaire et d'un chapeau, voire même d'un paréo, car, selon lui, le soleil par ici est assassin.

Les deux touristes s'exécutent, puis ne bougent plus, admirent stoïques la dextérité d'Alphonse maniant à la perfection son bateau de bois. Plus loin, une pirogue semble crouler sous le poids d'une vingtaine de japonais, portant avec singularité le masque et le tuba et les pieds certainement palmés. Ces asiatiques n'ont peut-être pas compris que tout cet arsenal est à porter uniquement dans l'eau. Alphonse lance un regard rieur en direction d'Elisa, amusé par la mine stupéfaite de la jeune femme.

La pirogue avance, doucement, portée par un alizé doux, résistant aux coups de chaud du soleil brulant. Bientôt, la baie s'efface derrière elle et des petits rochers commencent à percer l'eau si limpide et si pure. Lucie connaît la baie d'Along au Vietnam et cette baie d'Upi lui ressemble un peu, le monde en moins, car la Baie d'Along est regrettablement devenue une usine à touristes, une autoroute de l'exotisme empruntée par des milliers de badauds. Le calme ici au contraire est poignant. Il transperce les esprits des deux femmes qui ne peuvent rien dire. Alphonse, lui, essaie de briser le silence pour expliquer quelques mythes et légendes du lieu. Mais il respecte le grand Calme et accompagne les deux touristes à la rencontre de son petit paradis. Il sent qu'il est trop tôt pour ses deux invitées pour une découverte culturelle. Pour l'instant, les paysages suffisent à retourner leurs esprits.

Lucie demande au piroguier, çà et là, de stopper l'embarcation. Elle dégaine alors son appareil et mitraille à n'en plus finir, quelque fois sans Elisa mais souvent avec Elisa. Cette dernière semble s'habituer au jeu des clichés malgré un fort sentiment de culpabilité qui finalement n'y change rien.

Alphonse leur propose une escale sur une petite plage cachée, déserte. Lui s'assoit sur un tronc d'arbre et sort une boîte de pâté bon marché avec un morceau de pain. Elles jouent au chat et à la souris autour de l'appareil photo, se roulent dans le sable puis dans l'eau. Alphonse regarde le spectacle à l'allure insensée. Plus rien ne l'étonne vraiment Alphonse, il en a vu d'autres, à commencer par les japonais…

Quelques kilomètres de pirogue plus loin, le décor envoute complètement les deux amies. À s'en crever les yeux, elles dégustent les rochers parsemés, l'eau turquoise, les plages isolées, les poissons nageant sous leurs pieds… La quiétude de l'endroit les submerge quand Alphonse annonce :

— Mesdemoiselles, vous pouvez descendre. Il faudra emprunter ce sentier une bonne quarantaine de minutes, c'est balisé et ombragé. Vous arriverez à la piscine naturelle, à Oro. Merci pour ce moment. A demain !

Elisa se demande si tous les gens à qui elles parlent lui donneront rendez-vous le lendemain. Elle se dit que ça deviendrait dur à gérer ces rendez-vous, qui, en plus, ne comportent ni horaires ni lieux.

Après plusieurs heures tranquilles sur la rustique pirogue en bois, les premiers pas sur le petit chemin semblent décalés. Pourtant cette odeur forte, incroyable, agréable, les envahit petit à petit. Elles avancent sur les racines et les trous sans peine, en robe légère et en claquettes, s'arrêtent de temps en temps pour siroter à petites gorgées l'eau rationnée. Une ou deux fois, Lucie dégaine son appareil pour des clichés surprenants sur lesquels Elisa pose dans un décor de jungle tropicale luxuriante. Le bras de mer qu'elles doivent traverser peu après les enfonce, de l'eau jusqu'aux hanches, dans cette vague sensation d'être seules au monde, en aventurières privilégiées, exploratrices étonnées. Des pins majestueux et des fougères arborescentes tutoient le ciel bleu azur. Les prises de vue s'enchainent, presque facilement, presque naturellement. Elisa est si belle qu'elle s'accorde avec décor de façon indécente, comme une enfant qui ne saurait pas qu'il a de l'or entre les doigts et un avenir plein de promesses devant lui.

La piscine naturelle tant évoquée s'offre en cadeau inestimable. Des vagues se fracassent bruyamment sur la falaise juste derrière et proposent un fond sonore singulier. Des japonais, éparpillés un peu partout, laissent entrevoir leurs tubas ou leurs bouées canards, au choix. Le lieu est magique, étincelant, envoutant. Les masques en place, il est temps de partir à la découverte d'un monde encore plus merveilleux, insoupçonné : les fonds sous-marins. Le spectacle n'a plus de prix, a trop de valeur. Impossible à décrire, les heures durent des instants, Elisa est une sirène, Elisa n'est plus là, Elisa est avec le poisson clown ou la mère loche, avec le poisson chirurgien ou le baliste, au milieu des *patates* multicolores et des bancs de poissons anges… Elisa revient à la terre, sourit à Lucie, elle n'en peut plus, elle rit follement, nerveusement…

— Mon dieu, que c'est beau ! avoue-t-elle à Lucie aussi impressionnée qu'elle malgré ses nombreux voyages.

Les deux amies se rapprochent, s'enlacent, se serrent fort. Elisa sent monter une émotion qu'elle ne connaît pas. Un sentiment d'extase, de plénitude, juste être bien, ça suffit. La vie réserve trop de surprises pour rester coincée au fond de sa vie. Elle réalise qu'elle est si loin d'elle-même d'habitude. Ses larmes coulent en pluie lourde de sens, celle qui lave et nettoie en douceur. Les deux copines restent là, au milieu de cette piscine naturelle aux mille couleurs une seconde ou une heure, l'heure n'a plus la même importance, le temps compte moins pour celle qui est accro à l'horloge atomique mondiale.

Le reste de la journée a la saveur de la langouste grillée et du pain marmite sous un faré tressé de feuilles de végétation locale. Elisa ne comprend plus trop ce qui lui arrive, ça lui rappelle l'effet des pétards qu'elle fumait quand elle avait seize ans. Libérée, pas encore, mais décoincée, c'est déjà ça.

Chapitre 15

Quinze heures environ. Aérodrome de Nouméa Magenta. Le petit ATR 72, en provenance de l'Île des Pins, ouvre ses portes sur une piste fumante d'humidité. Elisa, assommée par le choc des dernières journées et par la chaleur moite de ce samedi deux mars 2013, avance sur le tarmac brûlant. La jolie brune vient juste de survivre à un troisième voyage en avion en moins d'une semaine, avec un quart de tranquillisant cette fois-ci seulement, elle progresse de jour en jour ! Qui l'eut cru ? Sûrement pas elle, sûrement pas la semaine dernière, sûrement pas Milana, sa mère.

Elisa culpabilise. Elle se repasse le film de son départ.

Lâche et fuyarde, elle avait décampé sans donner d'explications. Rien. Personne n'était au courant pour cette histoire de *job de rêve*. Juste un court texto évasif à Milana : *« Maman, je pars demain en vacances avec Lucie en Nouvelle-Calédonie, je reviens le vingt-cinq mars. Je t'aime. »*. Le téléphone avait hurlé comme un malade ivre de douleur.

Milana s'inquiétait, Milana voulait savoir. Pourquoi sa fille, si allergique aux voyages, partait tout à coup à l'autre bout du monde ? Un coup fatal dans leur complicité, un départ assassin… Incompréhensible.

Pour la première fois de sa vie, Elisa n'avait pas décroché, Elisa n'avait pas rappelé.

Six jours sans donner signe de vie. Vingt-deux mille kilomètres plus tard. Elisa repense à ces trente-deux années à écouter sa mère. Ces monologues interminables. Ces heures qui devenaient des journées. Elisa avait suivi chaque conseil de sa mère, sans rechigner, pour trouver ce bonheur dont elle lui avait tant parlé.

Jusqu'à ce maudit voyage, tout était prêt, organisé, millimétré… Mais Elisa attendait depuis des années. Cette demande en mariage qui ne venait pas. Elles y croyaient encore toutes les deux, c'était long, mais ça aller venir, il fallait tenir … Milana encourageait, tous ces efforts porteraient leurs fruits, bientôt, c'était imminent, Pierre aller se décider.

Alors non, Elisa n'avait pas répondu à ces nombreux appels, ni à ce mail désespéré. Pour quoi faire ? Pour se plaindre ? Pour lâcher sa trouille ? Pour confesser que ce voyage, si précipité, n'était pas son choix mais celui de Lucie ? Celle qui l'avait attirée loin, très loin de ce futur éclatant fait de mariage et de cotillons… Et surtout, surtout, comment avouer que Pierre n'était pas au courant ? Et pire, pire, comment avertir que sa fille serait bientôt placardée en maillot de bain dans toute la ville, peut-être même sur le bus de la ligne trois, à l'arrière, sur le grand espace publicitaire ? Comme une fille légère. Impensable, absurde, criminel. Tout ça pour un job de rêve ? Tu parles… Un job d'enfer... Un job qui fout tout en l'air plutôt !

Finalement, ce soir, six jours plus tard, elle lui enverra un bref message, juste « Ça va. Bien arrivée. Les vacances se passent bien. Ne t'inquiète pas. Je t'aime et je t'embrasse. ».

Lucie trépigne, se retourne et lance sur un ton autoritaire :

— Bon, tu avances un peu Elisa, le chauffeur doit nous attendre !

La suite devient habituelle : la chaleur moite, le hall de l'aérodrome bourré de shorts claquettes tee-shirts publicitaires et de robes colorées, l'employé brun qui agite le panneau *Zalia lingerie*. Puis l'hôtel luxueux, la suite spacieuse, la plage merveilleuse, le coucher de soleil somptueux, la traque du rayon vert et les innombrables clichés de Lucie, le buffet de la mer en compagnie de Laurène qui récupère les premières photos en balançant avant de partir :

— Les commentaires de Britany Percy ne tarderont pas. Il y a peu de temps pour s'ajuster. Bonne nuit les filles !

Le mail tant attendu par Milana est expédié à la hâte en une fraction de seconde.

« Bonjour maman,

Ça va. Bien arrivée. Les vacances se passent bien. Ne t'inquiète pas.

Je t'aime et je t'embrasse.

Elisa »

Trop vite peut-être parce que, ce soir, le sommeil de plomb ne vient pas. Elle pense encore à sa mère, à sa peine, au souci qu'elle doit se faire. Qu'allait-elle encore penser de sa fille ? Elisa l'entend déjà lui dire :

— Parmi tous mes enfants, c'est toi la plus belle mais pas vraiment la plus intelligente, tu n'es pas capable de te prendre en main, il faut sans cesse te surveiller.

Elisa fixe le plafond de la chambre en contemplant en détail ces années à suivre le chemin préconisé par sa mère. Ces discours prescrits par la psychologue pour bien « communiquer ». Le grand mot, le gros mot. Celui qui avait bercé son adolescence depuis ce fameux *évènement.*

Milana s'appliquait dans cet art difficile à manier, contrainte et forcée. Minimum une fois par semaine. Autour de la table de la cuisine, toutes les deux. Face à face. Elisa avait ingurgité à l'infini, gavée comme une oie, des phrases que Milana avait apprises par cœur :

— Dans la vie, on ne peut pas tout avoir, il y a des priorités, des routes à privilégier pour avancer.

— Ce n'est pas si compliqué de trouver la stabilité et le bonheur, tout le monde en est capable, même toi.

Milana se débattait pour se sentir mieux, pour réparer. Parce que, oui, elle l'avoue aujourd'hui : elle n'avait jamais senti qu'Elisa était une ado qui se recroquevillait, se fanait, dépérissait, disparaissait… Elle s'était même excusée une fois, la tête baissée :

— Je n'ai pas réagi assez tôt, comme il aurait fallu quand il y a eu *l'évènement.* Je n'ai pas su te protéger. Je n'ai rien vu. Mais ça, c'était avant, c'est loin, périmé. Et puis, ce n'est pas entièrement ma faute, personne n'a rien dit… Sinon, j'aurais fait quelque chose, plus vite, plus tôt. Pardon.

Non, Milana n'avait pas vu cette bande de garçons en faire voir de toutes les couleurs à la plus belle de ses filles, surtout du gris et du sombre… Pourquoi cet acharnement ? La maman ne comprenait pas.

Elisa, elle, savait ce qui l'avait amenée si près du précipice. Elle avait osé refuser les avances du chef de la bande, Tom. Dit comme ça, ce n'est rien. Mais la vengeance avait duré des mois, tapie dans l'ombre. Tom et sa bande. Cinq, ou peut-être six. On leur aurait donné le bon dieu sans confessions. Et pourtant, ce qu'ils étaient virulents. Vraiment. La jeune fille avait même regretté parfois, elle aurait peut-être mieux fait de céder à Tom. Ils ne se seraient pas moqués, ils n'auraient pas beuglé partout qu'elle était bête, qu'elle était dégueulasse. Heureusement, il y avait Lucie. Elle la consolait, elle la soutenait, elle leur répondait. Mais ça ne changeait pas grand-chose en fait. Le mal était fait et plus ne serait jamais plus comme avant.

Elisa n'en voulait pas à sa mère.

Milana culpabilisait assez toute seule. Etait-elle une bonne mère ? Souvent, elle se rongeait les sangs, trop. Puis, elle parvenait à se rassurer :

— Mince, je me suis rattrapée quand même, j'ai été été là pour t'aider à te relever. Ce jeudi à quinze heures trente-quatre dans la chambre d'hôpital, je suis venue tout de suite, sans réfléchir.

La psychologue avait lancé, dès le premier jour, entre deux portes :

— Trop tard, une tentative de suicide, ce n'est pas rien madame ! Maintenant, il faut réparer, tout changer, être vigilante, l'accompagner. Et surtout : « communiquer ». Je vous expliquerai comment mieux vous y prendre au cours des séances. Nous aurons le temps.

La psy a tenu parole : il y a eu du temps, des séances interminables. Au début honteuse, Milana avait été finalement une bonne élève. Et ça lui était resté. Milana n'avait jamais arrêté d'appliquer la prescription. Ces phrases juxtaposées, à n'en plus finir, sur le chemin du bonheur, sur le sens de la vie. *L'évènement,* elles n'en avaient plus jamais reparlé, le mieux était de se taire, ce n'était pas la peine. Milana s'était dit que ça passerait, qu'il valait mieux oublier.

Personne n'avait su, c'était leur secret. Même pas le père.

Lui n'avait rien arrangé. Elisa n'était jamais assez bien, jamais assez comme les autres. Ses frères et ses sœurs étaient meilleurs, plus intelligents, plus débrouillards, plus malins. C'était vrai qu'Elisa ne ramenait pas souvent de bonnes notes et que pour le père, c'était important la réussite scolaire. Finalement, il était mort sans jamais avoir fait un compliment à sa fille, sans jamais avoir su qu'à l'école, c'était l'enfer pendant deux, trois ans, une éternité. Parti vite, sans jamais avoir appris la vérité sur cette honteuse hospitalisation. Il avait cru au petit problème digestif. Le lavage d'estomac et la tentative de suicide n'avaient jamais été évoqués. Sa colère aurait été trop noire, trop mauvaise. Quelques temps plus tard, sans crier gare, le père était mort en un éclair, sans un adieu, sans un baiser, sans une révérence, sans un geste d'amour. Tellement loin d'Elisa. De toute façon, elle, pour lui, c'était un malheureux accident.

Elisa le sait, elle doit tout à Milana. Mais rien ne se passe jamais comme prévu. Jamais elle ne rend la fière. Elisa rate tout, tout le temps, toujours. Ce bonheur simple n'est pas si facile à obtenir… Et puis là, voilà, elle fout tout en l'air. Encore. Elle va perdre Pierre. C'est certain. Elle va faire souffrir Milana.

Elisa jette un œil par la fenêtre, la lune la toise. Non, Elisa ne veut plus décevoir sa mère mais elle pourrait être libre de faire ce dont elle a envie, juste un peu, sans brusquer Milana. Elle trouvera une solution pour qu'elle lui pardonne ce long silence et ce job sans queue ni tête. Elle comprendrait.

Elisa finit par s'écrouler de fatigue quelques heures avant que le gazouillis des oiseaux ne la réveille.

Chapitre 16

Dimanche trois mars. Six heures pile. Précisément. Le smartphone hurle comme si Elisa partait au travail. Pourtant, ce matin, il n'est pas question de Padier, ni de Gobel technologies, ni de Gabriella, ni de Pierre, ni de footing dans le petit parcours santé. Non. Il est question du Phare Amédée. La voyagiste a prévenu, il faut être à l'heure. Le skipper n'attend pas. La location est chère, chaque minute doit être rentabilisée. Aujourd'hui, Laurène les accompagne.

Ce dimanche, Elisa tente les fruits bizarres. Pita lui a montré le chemin, à l'Île des Pins, avec sa noix de coco verte et sa papaye trop mûre *qu'il vaudrait mieux manger en salade et bien verte, accompagnée d'une sauce vinaigrette.* Elisa ose. Elle demande alors à la jeune serveuse occupée à remplumer le buffet :

— Mademoiselle, c'est quoi ? C'est bon ?

— Ce sont des pommes lianes, on peut les appeler aussi maracujas ou fruits de la passion. C'est sucré et délicieux ! Je vous suggère celle-ci.

Elisa dépose la pomme liane désignée sur son plateau de petit déjeuner débordant de victuailles hétéroclites : viennoiseries, jus d'oranges pressées, *elle n'en a jamais gouté de meilleurs*, café bien noir, une mangue, un morceau de pastèque bien frais, une cuillérée de confiture de bananes déposée dans un petit pot en verre, une demi-tranche de pain grillé et LA pomme liane…

— Tu ne mangeras pas tout ça, interrompt Lucie. Arrête ! C'est gâché d'avance !

— Je dois goûter, au moins pour essayer…

— Tiens, Elisa s'aventure vers de nouvelles contrées… se moque la petite blonde.

La jeune touriste se délecte de la pastèque bien fraiche mais se sent rebutée par tous les grains des pommes lianes. Déçue, comme avec la coco de Pita. Elle mange en faisant des pauses régulières, pour ne pas caler, ce qui laisserait le champ libre aux remarques de Lucie. Une fois le plateau à moitié vide ou à moitié plein, c'est selon, Laurène arrive, tout excitée, et la sauve :

— Les filles, vous n'êtes pas en avance ! Il va falloir passer la seconde ! Avant de monter choisir les maillots, je voulais vous dire que Mme Percy et son équipe m'ont fait un retour sur vos premiers clichés. Elles apprécient mais Madame Percy a ajouté qu'elle attend mieux et vous suggère surtout de mitrailler, mitrailler, mitrailler. Je lui ai promis que ce soir, je lui enverrai une bonne trentaine de photos de qualité, minimum. Une journée en bateau dans le lagon avec escale au phare Amédée… Les filles, vous allez tout donner j'en suis sûre, les prises de vue ne pourront être que magnifiques. Je vous aiderai pour les idées et les lieux. Sur ce, pas de découragement, allons choisir les maillots. On va en prendre beaucoup puisqu'Elisa pourra se changer en cabine autant de fois qu'elle le souhaitera. Let's go les girls !

Laurène se lève, salue la moitié des employés de l'hôtel qu'elles croisent d'un « *ça va ou quoi ?* ». D'un pas rapide, presqu'en trottant, elle ricane à gorge déployée avec Lucie. Elisa, un peu à la traine, à l'arrière, s'inquiète.

Dans la chambre, c'est une valise entière que les deux blondes choisissent d'emporter. Maillots et paréos s'entassent dans un festival de couleurs qui fait divaguer quelques instants Lucie vers Rodrigo. Elisa, elle, s'évade aussi, en tripotant nerveusement son petit bracelet orange. Elle pense à Pierre, elle pense à sa mère puis elle repense à Pierre… Jamais il ne la demanderait en mariage une fois placardée dans le tout Paris. Elle est en train de devenir une fille légère, une fille dont on veut bien pour la soirée mais pas pour l'éternité. Une fois n'est pas coutume, Laurène la ramène à la réalité :

— Tiens, enfile cette petite robe, elle sera facile à mettre et à enlever. C'est parfait !

Puis elle lui balance les claquettes bleues et vertes avant de lui ordonner de se tartiner à la hâte de crème auto-bronzante, effet nacré.

— Tu auras meilleure mine pour les photos, passes-en partout. Partout hein ! en terminant par un clin d'œil qui se veut complice.

Laurène tient dans une main un énorme vanity qui, Elisa le saurait bien assez tôt, contient huiles et accessoires de beauté nécessaires aux meilleures prises de vue.

Quinze minutes plus tard, les trois femmes montent dans la petite jeep blanche de Laurène, stylée mais un peu délabrée…

Les filles, cheveux aux vents, longent les baies de Nouméa. L'Anse Vata d'abord, puis la Baie des Citrons où il n'y a pas de citrons mais des baigneurs matinaux et des shorts claquettes sirotant un café aux diverses terrasses ombragées. S'agite sur la gauche un nombre important de shorts baskets galopant sur le trottoir bordant la belle plage sans citronniers. Plus loin, un petit port. Elisa pense qu'elles vont s'arrêter là.

Mais non, la jeep roule, à une allure tranquille pendant que la radio chante des airs endiablés invitant au déhanché. Lucie virevolte à l'avant, puis oscille en rythme, lançant parfois un petit « *Yeah* » en direction de Laurène qui chante gaiement. Elisa, à l'arrière, trouve que la ville lui rappelle quelque chose, un petit rien d'Antibes Juan les Pins peut-être, les talons en moins. Puis, la jeep cherche une place, la jeep se gare, la jeep se tait. Laurène montre le marché, un peu plus loin, dit qu'elle les emmènera une autre fois, pas un dimanche parce qu'il y a trop de monde. Puis elle les dirige vers un beau catamaran qui paraît immense.

Elisa n'est montée qu'une fois sur un bateau. Elle a peur, se détourne. Son unique expérience en mer défile devant ses yeux…

C'était il y trois ans. Pierre lui avait proposé, à Cannes, une balade sur un petit monocoque. Elle avait fini par monter. Le propriétaire, un copain de Pierre, lui avait servi un petit café après la sortie du port. A une allure tranquille, le voilier voguait paisiblement. Tout était calme et puis, soudain, il avait dit :

— Attention, risée.

Le café avait volé. Heureusement, il n'était pas trop chaud, elle n'avait pas été brulée, enfin pas trop. Le navire s'était mis à giter, beaucoup, énormément, à l'excès. En appui sur les pieds, s'accrochant à ce qu'elle pouvait, Elisa avait crié, Elisa avait paniqué. Elle ne se souvient pas de tout mais ils avaient fini par rentrer, pour ne pas trop la choquer. Le périple avait duré peut-être vingt minutes mais pour elle, il avait duré mille années. Jamais plus elle n'était remontée sur un bateau. D'ailleurs, depuis, elle n'allait plus passer ses vacances avec Pierre à

Antibes Juan les Pins. Depuis, elle se consacrait à la déco de son appartement. On ne l'y reprendrait plus.

Alors, ce dimanche matin, elle toise le catamaran puis l'eau limpide et sereine de l'océan Pacifique qui s'étend derrière la petite marina. Elle fixe un moment les enfants qui courent sur les pontons, les *voileux* qui bricolent sur leurs coques. Puis elle l'affronte, ce navire, juste devant elle, si gros, si luxueux. Elisa tremble un peu puis Laurène la tire, lui demande d'enlever ses claquettes bleues et vertes… Alors Elisa met un pied, puis deux, puis son corps tout entier dans le monstre énorme. A l'intérieur. Avalée.

Elle sent la mer onduler sous ses pieds, l'eau qui vibre, qui vit, là, en dessous. Elle regarde ses claquettes bleues et vertes, par terre, abandonnées, balancées. Puis, elle entrevoit, quelques centimètres plus loin, une autre paire, grande, immense, avec des dessins sur la semelle noire et orange, des palmiers. Puis elle remarque des pieds, qui vont sûrement avec, des pieds larges et bien dessinés, parfaits. Elle monte. Des mollets bronzés, plantés, enracinés. Des poils brulés par un soleil régulier, devenus blonds, le blond des surfeurs et pas des blés. Puis, elle sent une main. Une main qui prend la sienne, une main qui serre la sienne, une poignée de main en fait. Elle finit de lever les yeux. Rien ne va plus, elle plonge dans un vert presque transparent, un vert pur à l'extrême, peut-être un vert menthe, non, plutôt un vert menthe à l'eau, un vert qu'elle aurait pu peindre tant il est beau, tant il la submerge, ce vert, ces yeux…

— Bonjour, je suis Marco, votre skipper, annoncent les yeux vert menthe à l'eau qui vont avec les pieds larges et bien dessinés qui vont avec les claquettes ornées de palmiers qui vont avec les poils brulés par un soleil régulier.

Elisa ne répond pas, comment pourrait-elle ? Elle se tait, bouche bée, coincée, étriquée. Un éclair la foudroie. Net. Elle tremble un peu plus. À cause du bateau, des pieds, de l'eau ou du vert menthe à l'eau ? Son regard est arrimé. Elle est scotchée, tétanisée, pétrifiée, emprisonnée.

Lui, Marco, attend un « *Bonjour* », un « *ça va* ?», une marque de politesse, quelque chose de circonstance. Rien. D'accord, il est juste le skipper, pas le propriétaire mais quand même… Qui est cette princesse ? Muette peut-être ? Mince….

Elisa ne bouge toujours pas, immobile, inerte, une statue, une nature morte en dehors, une violente tempête en dedans.

Lucie vole, Lucie accourt, Lucie sympathise, pour les deux à la fois :

— Salut, je suis Lucie, la photographe. Voilà Elisa le modèle pour les shootings. Nous sommes enchantées de te rencontrer et de passer cette journée à tes côtés !

Marco est satisfait. Cette présentation lui va, il n'a pas besoin de plus.

— Hey Marco, ça va ou quoi ? lance Laurène au skipper. Ça roule ? Tout est ok, on démarre ?

— Il est bon, Lolo ? C'est parti pour le coup de nav' ! Cap sur le phare Amédée les filles.

Chapitre 17

Elisa ne bouge toujours pas, statique. Un roc, une tour de Pise plutôt, balançant de gauche à droite, tombée dans la menthe à l'eau, submergée. Elle entend toutefois le moteur se réveiller, le moteur s'étirer, le moteur vrombir. Le sol bouge, vibre, vit. Elisa vacille, Elisa sent quelque chose sur son biceps, quelque chose qui l'attrape et l'attire :

— Viens, annonce Laurène, je vais t'aider à te préparer pour les premières photos.

La blonde vide le contenu du vanity sur le lit d'une cabine luxueuse puis déverse en avalanche des dizaines de maillots et de paréos. Une colline multicolore git sur lit. Elle arrange les cheveux d'Elisa, qui se laisse faire, puis la maquille avec soin. La voyagiste lui tend un maillot orange avec des motifs jaunes singuliers, un paréo rouge puis lui demande de se changer. Elisa est un robot, Elisa est une nature presque morte dehors. Elisa est dans la menthe à l'eau. Elisa n'en sort plus, Elisa s'y habitue.

Parfaite, belle, presqu'irréelle, la jolie brune s'exhibe devant la petite blonde qui la jauge, la penche, la retourne. Laurène semble satisfaite du résultat. Elle la trouve pure, un petit bijou mais si perdue, si décalée. Elle voudrait la secouer, la faire exploser. Comment procéder ? Elle la connaît si peu, elle n'a pas les clés. Elle s'approche et lui murmure :

— Ecoute, je sais bien que ce n'est pas évident, mais si tu veux, je poserai avec toi au début. Je n'ai jamais été modèle photo, je n'en ai pas vraiment le profil, je suis bien moins belle que toi mais on peut peut-être s'éclater, s'marrer un peu, s'taper un p'tit délire ?

Elisa ne dit toujours rien mais elle la regarde et lui sourit. Cette fille est une gentille, elle le sent alors elle répond enfin, comme pour lui faire plaisir, la rassurer :

— Je veux bien.

Les deux modèles d'un jour, sortent, le sourire aux lèvres. À la barre, elles voient Lucie en pleine discussion avec Marco. Celle-ci se trémousse et lui lance des petits sourires espiègles. Il semble qu'elle ait entrepris une opération séduction. Le catamaran avance, la mer est d'huile, le ciel est bleu. Marco monte le son de la musique, un petit reggae *roots* qui colle avec l'ambiance carte postale et la chaleur tropicale. Laurène interpelle la photographe :

— Hey Lucie, on se met en jambes ? Prends quelques clichés d'Elisa et moi, à l'avant, quelques souvenirs, ça serait sympa.

— Ok c'est bon.

Lucie s'éloigne de Marco en lui effleurant l'épaule gauche. Elle balance ses fesses de gauche à droite de manière un peu exagérée. Il ne regarde pas, non, lui, il fixe l'horizon, il tient son cap, concentré.

Laurène tente de faire rire Elisa, de lui raconter deux trois blagues, deux trois histoires drôles. Elisa sourit mais ne rit pas aux éclats. Pas encore. Laurène tient bon, redouble d'effort, lui fait même quelques confidences, lui fait part de ses complexes, de ses seins trop petits, de son dos malade, de son frère qui ne la comprend pas, de la crise qu'elle a piqué devant un parterre de copains alors que son ex se présentait avec une nouvelle conquête. Elisa finit par prêter l'oreille, par trouver cette fille de plus en plus gentille, de plus en plus aimable. Et puis, Laurène reprend, sans se décourager, avec deux trois nouvelles blagues, deux trois autres histoires. Elisa finit par rire, doucement au début puis un peu plus fort, presque naturellement. Lucie mitraille les deux filles puis zoome sur Elisa, son visage, ses yeux bleu azur, ses longs cheveux caressant son dos cambré, ses jambes fuselées de plus en plus dorées, l'autobronzant nacré commençant à faire son effet. Puis, Laurène s'éclipse, passe derrière l'objectif. Elisa se lâche, presque complètement. Les clichés seront sublimes. Laurène prépare des tenues en cabine, amène Elisa, l'aide à se changer, la fait rire, la fait remonter, l'installe, la tourne, la pousse à sourire, à vivre. Lucie mitraille, à n'en plus finir.

Une heure plus tard, Marco clame d'une voix pure et claire :

— Les filles ! Le phare Amédée nous tend les bras ! Il est temps de plonger !

L'eau est encore plus calme, plus transparente, plus bleue, plus tout. Quelques mètres plus loin, le sable fin se dore et le phare blanc se dresse, si haut, majestueux, planté là, au milieu de rien ou au milieu de tout. Vision improbable. Il est comme Elisa, ils se ressemblent ces deux-là. Comment avaient-ils pu atterrir là ?

Les blondes plongent, Elisa descend par l'échelle à l'arrière. Marco bricole sur le catamaran puis les rejoint. Après tout, il peut bien s'autoriser quelques minutes de détente. Les trois femmes se prélassent un peu sur les paréos, se dorent comme le sable. Marco propose aux deux touristes :

— Vous venez avec moi en haut du phare ?

Lucie n'attend pas une seconde pour suivre le skipper. Elle se lève, au garde à vous. Laurène s'adresse alors à Elisa :

— Viens, on y va aussi !

Elisa suit le dos fort et musclé de Marco. Un tatouage sur le côté gauche part du creux de sa hanche jusqu'à son cou, fin, délicat, style tribal ou tahitien. Elle ne sait pas mais mon dieu que c'est beau, sexy, sensuel. A côté de son dos, les cheveux blonds de Lucie valsent de gauche à droite, comme ses fesses. Marco monte le premier, un escalier en colimaçon étroit et raide, les filles suivent. Cette ascension est longue, la chaleur les assomme, les gouttes de sueurs s'accumulent sur les fronts puis débordent, de toutes parts. Un peu essoufflées, les jeunes femmes admirent, depuis le sommet du phare, toute la beauté du monde, toute sa pureté, toutes ses couleurs. Plus personne ne parle, il n'y a plus de mots… Ils ne suffiraient pas, ce n'est pas la peine.

Elisa a un peu le vertige. Marco le remarque, il veut la rassurer, même si elle n'a pas daigné le saluer le matin. C'est une cliente, il se doit de faire un effort. Il lui propose de l'aider, elle refuse d'un signe de tête alors il continue à répondre à la blonde bavarde qui l'accapare. Puis sur la dernière marche, Elisa perd l'équilibre, elle glisse, elle se vautre, dans le sable, dans le ciel, dans la carte postale. Lucie se marre. Marco se détourne, s'inquiète, se baisse. Elisa le regarde, ne dit rien puis lui sourit et enfin affirme :

— Ça va, ne t'inquiète pas, rien de grave.

Le beau skipper lui tend la main. Elle sent un frisson, électrique. Il tire et elle se redresse. Marco la soutient un peu, elle boitille, une petite douleur à la cheville gauche la lance, la brûle. Il lui demande de noter sa douleur sur une échelle d'un à dix. Elle annonce trois. Une fois la belle allongée sur un paréo, Marco nage jusqu'au navire et rapporte un peu de baume du tigre, qui, il en est sûr, soulagera la princesse timorée.

Marco masse la cheville avec soin. Elle sent ses doigts, sa paume, son odeur aussi. Elle est bien mais ce skipper, là devant elle… Un sérieux danger… Elle repousse alors le beau marin bronzé après l'avoir remercié. Lucie aurait bien aimé aussi se faire dorloter par cet homme qui lui semble si parfait.

Marco décide de rapatrier Elisa sur un paddle, par précaution, il trouve cela plus prudent. Elisa se laisse bercer par la planche si bien menée. Pas un à coup. Tout est fluide. Marco est doux et attentionné.

Une fois installés à bord, le skipper ne perd pas une minute pour proposer de se détendre autour d'un verre de Pinot gris glacé. Quelques séances de photos plus tard, la douleur s'en est allée, le petit port de Nouméa s'est rapproché et le soleil annonce la fin de la journée.

Avant de partir, Marco se tourne vers Laurène et demande :

— Un petit *shell* Lolo ?

— Je ne suis pas seule, je dois les ramener.

— On peut leur faire goûter ? Un petit *kava* les filles ?

Lucie et Elisa se retrouvent alors dans la même incompréhension et cette fois c'est Elisa qui s'impose plus vite que la blonde :

— C'est quoi un *kava* ?

— Ici, en fin de journée, les gens aiment se rendre dans des bars à *kava*, appelés *nakamals*, signalés par des petites lumières rouges afin d'y boire un bol de *kava* qu'on nomme *shell*. Cette boisson, faite de racines pressées, est originaire du Vanuatu. Elle aide à se détendre. L'ambiance est très calme. On vous fait découvrir ?

— Avec plaisir, répond Elisa du tac au tac, laissant une Lucie surprise.

Chapitre 18

La jeep blanche démarre. A l'arrière, Elisa n'est plus seule, elle a un invité. La jeep roule, longe la mer puis tourne et vire à gauche. Maintenant, la jeep toussote sur un chemin cabossé. La mer de corail se dévoile sous un nouvel angle, le soleil n'est pas couché, le rayon vert n'est pas passé. La jeep gigote à cause des ornières disséminées un peu partout. Les genoux à l'arrière s'effleurent, s'entrechoquent parfois et les frissons électriques, à chaque reprise, parcourent le corps tout entier d'une Elisa interloquée. Elle entrevoit son regard se poser, de temps en temps, sur ses genoux dorés. Elle entend sa présence pleine et ronde l'envelopper. Elle évite les yeux menthe à l'eau, c'est trop. Elle préfère fixer l'horizon droit devant. La jeep ralentit, se gare sur le bas-côté. Les voilà arrivés devant la lumière rouge, un peu cachée.

Un petit sentier les mène sur une terrasse offrant une vue à cent quatre-vingts degrés sur l'océan dégagé. Quelques sièges de voitures sur la gauche font office de canapés. Des bancs en bois, des vieux tourets décorés, des tissus bariolés. Une dalle en béton les dirige vers un semblant de bar fait de bric et de broc. Un serveur aux cheveux longs, short claquettes tee-shirt publicitaire sourit à Marco de loin en faisant un geste de la main. La place est prise dans la petite file d'attente. Une poignée de mains à droite, une bise à gauche, Marco et Laurène saluent à tout va. Deux pas, puis encore trois, devant le *bar à kava,* le serveur ne dit rien mais lance un regard curieux en soulevant les paupières, signe qu'il attend la commande. Marco demande à Laurène :

— Un *cent* Lolo ?

— Oui.

— Deux *cents* et deux *cinquante* s'il te plait.

— C'est parti.

Le barman choisit la louche à *cent*, verse dans deux demi-cocos un breuvage marron puis les pose sur un plateau bricolé. Il prend ensuite la louche à *cinquante*, verse dans deux demi-cocos le même breuvage marron puis les pose sur le même plateau bricolé. Marco et Laurène lancent en chœur un :

— *Olé.*

Puis Marco leur fait signe de les suivre dans un endroit un peu reculé. Laurène et Marco tendent le bras, prononcent un mot bizarre genre *manuia*, lèvent le coude et avalent *cul sec* la boisson. Les deux touristes sont alors invitées à reproduire le cérémoniel. Elisa semble inquiète mais sous les yeux d'un Marco curieux, elle se jette courageusement dans le *kava* et engloutit d'un trait le *cinquante* proposé. Le goût est terreux, très mauvais. Marco lui propose alors un morceau de coco et un verre d'eau pour faire passer ce sale arrière-goût.

Elisa est fière, elle l'a fait ! C'est la troisième fois depuis le début du voyage qu'elle ose faire des choses qui lui font peur… L'avion, le bateau et maintenant le *kava.* Plus le temps passe, plus le courage s'invite dans sa vie. Même infime, il vient et c'est déjà bien.

Lucie n'a pas tout bu, Lucie n'a pas pu. Elle s'est retournée dégoutée. Elisa commence à sentir sa bouche s'anesthésier, Marco lui explique alors :

— Ce *kava* est bon, vous allez sentir votre bouche s'endormir un peu puis vos muscles vont se détendre aussi. Surtout toi Elisa qui est tombée aujourd'hui, ta douleur s'effacera si tu as encore mal…

— Je n'ai plus mal, répond la belle brune fière de cette nouvelle facette d'elle-même qu'elle ne se connaissait pas.

Pour une fois, c'est Lucie qui semble à la traîne, elle ne se remet pas du goût affreux qui stagne dans sa bouche.

Aux côtés du beau brun, Elisa avance, le menton haut, d'une démarche presqu'assurée. Le skipper aux cheveux délavés par le sel et le soleil se tourne vers un groupe de jeunes gens souriants. Une discussion gaie et animée les rassemble. Des filles, des garçons, la trentaine bien sonnée, détendus. Marco fait le tour de la tablée, serre les mains chaleureuses des hommes, embrasse sincèrement les femmes décontractées et présente Elisa à chacun. Le groupe a l'air soudé, un peu comme des frères et des sœurs. Elisa se sent bien parmi ces gens débarrassés de fausses apparences et de faux semblants. Derrière, c'est Laurène qui s'occupe de Lucie un peu dérangée puis la présente à son tour. Une place leur est faite dans ce cercle d'initiés. Ils se racontent, les uns les autres, leurs journées, leurs épopées, échangent, se conseillent puis d'un coup, l'un d'eux propose :

— On va *lever* ?

— Ok Jo.

Tous les hommes suivent le mouvement et la moitié des filles, environ. Marco attire Elisa par la main pour qu'elle se mêle à la suite des évènements. Une deuxième fois la file d'attente, le *shell* de *cinquante*, le petit coin reculé, le *manuia* à l'unisson, le coude levé et le *cul sec* sans broncher.

Jo se tourne vers la jolie brune, intéressé et lui demande :

— C'est la première fois ?

— Oui, répond Elisa, sûre d'elle.

— Ça me rappelle des souvenirs…

— Tu n'es pas d'ici ? demande-t-elle

— Non je suis arrivé il y a six ans.

— Tu es heureux ici ?

— Vaste question. Le bonheur, tu sais, c'est une question de perception... Es-tu sortie de Nouméa ? questionne-t-il empressé.

— Oui à l'Île des Pins et aujourd'hui, nous étions au phare Amédée. Je ne maitrise pas tout le programme mais je crois qu'on doit aller à Poé et aux Îles Loyauté aussi, et voir une poule.

— Ah ! La poule de Hienghène ! Vous allez sur la côte est alors, c'est bien, parce que tu sais Nouméa, ce n'est pas la Calédonie.

Le groupe s'avance au ralenti vers le point de départ puis se rassoit. Marco pose des questions à Elisa… Son âge, son travail, ses passions. Il semble vouloir tout savoir… Puis Laurène les interrompt :

— Elisa, on va rentrer à l'hôtel, Lucie n'est pas très bien.

Les trois filles saluent tour à tour chaque convive puis Marco lance :

— A mardi mesdemoiselles.

— A mardi ! répondent les deux touristes un peu surprises, méconnaissant le lourd programme concocté par Laurène.

La jeep ramène les trois jeunes femmes vers l'hôtel. Laurène conseille à Lucie de s'allonger puis de se reposer. Le *kava*, la mer, le voyage, elle est sûrement juste fatiguée. Puis elle en profite pour féliciter Elisa pour sa journée, tous ses progrès et quitte la chambre, emportant avec elle les clichés.

La jolie brune passe sa soirée à rêvasser, à se prélasser dans la menthe à l'eau qu'elle a rencontrée.

Chapitre 19

Depuis quarante-huit heures, Elisa nage dans les yeux verts, sans s'arrêter. Des brasses coulées. Elle a essayé de s'extirper, de tripoter son bracelet orange en se forçant à tourner ses pensées vers Pierre mais rien n'y fait. Pas même la rivière dans laquelle elle s'est plongée avec délice la veille avec les filles. Pas même les mojitos qu'elle a bus en soirée sur les terrasses de la Baie des Citrons. Rien. Elle n'a jamais éprouvé un tel bonheur ni un tel malaise. Que se passe-t-il ? Comment faire ?

Aujourd'hui, elle a rendez-vous avec cet homme si dangereux à ses yeux mais l'attirant comme un aimant. Il a dit au *nakamal* « à mardi ». Il était sûr de lui. Et mardi, c'est là, tout de suite, maintenant. Elle est heureuse mais embarrassée, excitée mais crispée. Peut-être devrait-elle le fuir ? Prétexter une soudaine maladie suffirait pour ne pas participer à la journée ? Elle réfléchit, pèse le pour et le contre… Les filles ne la laisseraient pas, les clichés Zalia Lingerie n'attendent pas.

Alors, résignée mais téméraire, elle se lève, prend son café sur la terrasse ensoleillée de la suite luxueuse, se douche puis se rend d'un pas agité au buffet des petits déjeuners. Celui-ci n'a plus de secrets pour elle. Elle sait quoi prendre, elle sait ce qu'elle aime. A vrai dire, ses mets préférés, ce sont, tout simplement, ces oranges fraichement pressées au goût si sucré et si prononcé. Celles qui ont si mauvais aspect qu'en métropole personne ne les achèterait.

Lucie et Laurène ne vont certainement pas tarder. Elle profite encore un instant de sa tranquillité en observant de temps en temps les couples de japonais venus pour se marier. Elle pense alors à sa mère, à Pierre.

Une fois les trois filles réunies, Laurène expose les derniers commentaires de Mme Britany Percy :

— Les filles bravo ! Mme Percy est aux anges avec les photos au phare Amédée, celles de la rivière aussi. Le staff de Zalia se penche déjà sur le traitement des prises de vue et les graphismes des encarts publicitaires. Elle a ajouté qu'il est important de continuer sur cette lancée.

Lucie sourit, rassurée. Depuis quelques jours, la jeune aventurière ne se reconnaît plus, elle perd de sa superbe et de sa légèreté. Mais quand elle passe derrière l'objectif, elle se retrouve, elle revit, alors aujourd'hui elle est heureuse de voir que le travail porte ses fruits. Elle se met à rêver d'une grande carrière sur les podiums des défilés les plus branchés.

— Bon, les filles, on démarre ? lance la voyagiste, au taquet.

— Une petite demi-heure pour finir de se préparer, répond Elisa, très à l'aise maintenant avec cette Laurène qu'elle apprécie. Mais où allons-nous aujourd'hui au fait ?

— Tu n'es pas possible Elisa, tu ne sais jamais quel est le programme de la journée. Tu n'as plus le calendrier du voyage ? Tout y est noté !

— Non, j'ai dû l'égarer.

— Toi qui es organisée comme personne, tu ne connais même pas le programme ! Incroyable ! balance Lucie.

— C'est virée cata avec Marco sur les îlots du sud, coupe Laurène. Avec un peu de chance, nous pourrons admirer des dauphins, des tortues et surtout la luminosité de ces endroits est toute particulière. En plus, un jour de semaine comme ce mardi, ce sera désert. C'est parti les copines !

Laurène donne de l'entrain, communique sa joie de vivre et sa générosité, sans s'en rendre compte. Elle dispense à pleines poignées tout un paquet d'énergies. Elisa l'admire, cette fille lui semble être un petit trésor précieux, un bonbon délicieux.

La préparation des bagages n'étonne plus Elisa. Elle sait que les deux blondes entasseront des paréos et des maillots puis les presseront pour pouvoir fermer la valise. Elle sait qu'elle doit encore se tartiner d'auto bronzant effet nacré pendant ce temps. Les habitudes sont déjà prises et bien rodées. Puis la jeep les accueille sans rechigner, elle aussi s'est habituée. La même route chaque jour est empruntée. Elisa commence à reconnaître les ambiances, les plages, les ports, les gens. Elle aime balayer du regard les robes si colorées des femmes, ces robes longues agrémentées parfois d'un peu de dentelle, toutes coupées de la même manière. Laurène a expliqué que ces robes *popinées* ou robes *mission* ont été importées par les missionnaires afin de cacher la presque nudité des femmes de l'époque. Laurène a aussi avoué son sentiment ambivalent. En effet, aujourd'hui, ce sont les européennes qui s'exhibent en maillots de bain, à moitié dénudées alors que les femmes locales se baignent habillées, toujours vêtues de tenues couvrantes comme ces robes *popinées*. Elisa aimerait essayer d'en porter une, ça lui plairait. Elle voudrait aussi converser avec ces femmes, connaître leurs points de vue sur la question.

Et puis le port se montre, le gros catamaran fier la toise une fois de plus…Ce vert… La menthe à l'eau… Avalée… Tout son corps s'emballe. Des palpitations la gênent un peu, comme si son cœur savait déjà. Puis quelques bouffées de chaleur, ses joues qui rougissent. Elle cache son visage puis respire courageusement, comme on lui a appris. Elle s'avance et le salue. Lui ne la lâche pas non plus, pose même une main chaleureuse sur son épaule, lui demande si elle va bien, si le *kava* la dernière fois ne lui a pas donné de petites nausées.

Il attire les filles pour leur proposer un café dans la cuisine du bateau. Marco a l'air préoccupé et cherchant ses mots, il s'adresse à Laurène, un peu embarrassé :

— Lolo, je crois qu'on va devoir annuler la sortie. Il y a un bon vingt-cinq nœuds ce matin. Un coup d'ouest est aussi annoncé dans la journée. Cela risque de ne pas être propice pour les photos, ça va bouger.

— Ce n'est pas possible Marco, tu ne sais pas la petite fortune que Zalia Lingerie a déboursé pour privatiser ce cata !

— Essaie de repousser à une autre date, appelle le propriétaire, insiste le skipper.

Laurène s'exécute et finit par trouver un arrangement. L'excursion est reportée, ce sera quelques jours plus tard. Ce n'est pas si grave. Il y a d'autres endroits à explorer en attendant pour varier les lieux des clichés.

— La sortie est décalée, annonce Laurène. Les filles, à la place nous irons vers les terres rouges du sud, les Chutes de la Madeleine et le lac de la Forêt Noyée. Ce sera original. C'était prévu de toute façon. J'ai juste inversé les journées.

— Nous, on te suit Laurène, coupe Lucie.

— Je peux vous accompagner ? questionne Marco suivant les échanges, intéressé.

— Si les filles sont d'accord… Moi je n'y vois aucun problème, au contraire, si toutefois on s'embourbait !

Les deux touristes approuvent d'un hochement de tête. Elisa voudrait refuser mais elle ne peut pas, elle se sent si bien près de lui, elle ne sait pas pourquoi, sa vie s'anime à ses côtés, impossible de lui échapper. Elle doit l'affronter, lutter.

Chapitre 20

Installés dans la petite jeep blanche un peu usée, il est question de barrages levés. Elisa comprend que la situation n'est pas très sereine. Marco ajoute qu'il espère que le soir, ils ne seront pas bloqués de l'autre côté. La vue se dégage, les montagnes se dressent, Laurène montre un sommet sur la gauche, qu'elle appelle « *le Chapeau de gendarme* ». Une sensation de grands espaces s'empare déjà d'Elisa, alors qu'ils sont à peine sortis de Nouméa. La mer, sur la droite, est aussi paisible que le reste du paysage. Quelques minutes de route plus tard, elle comprend alors la discussion des deux locaux. En effet, elle aperçoit quelques blindés stationnés sur le bas-côté, sous un chapiteau de fête foraine. Marco rassure :

— Ils sont là en prévention car la situation s'est calmée.

Il relate les tensions des mois derniers entre les gendarmes et les jeunes de la tribu, aujourd'hui calmées. Il ne prend pas parti, ne juge pas, ne se mouille pas. Il ajoute que tout cela le dépasse, qu'il n'a pas toutes les clés pour comprendre et analyser la situation. Laurène acquiesce, elle semble du même avis. Ils répètent encore qu'ils espèrent juste que ce soir, ils ne seront pas bloqués de l'autre côté. C'est déjà arrivé. Il fallait alors laisser la voiture et regagner Nouméa à bord de navettes maritimes affrétées soit par la mairie, soit par des particuliers soucieux d'aider. Ils soulignent cette solidarité calédonienne, si exemplaire. Mais Laurène accélère un peu en disant :

— Cela fait longtemps que ça n'a pas pété !

L'anxiété de la voyagiste est palpable sur ce petit axe, elle qui d'habitude est adepte du « *Casse pas la tête* ». La ligne droite porte les stigmates des confrontations : des voitures carbonisées, des trous béants sur la chaussée, des slogans taggués.

Une fois l'allure de la jeep apaisée, sur la droite, longe une rivière, calme, tranquille, magnifique. Sur ses bords, la terre rougit davantage, imprégnant peu à peu tout ce qu'elle trouve… La végétation, l'eau puis cet air imbibé d'une poussière très particulière. Peu à peu, les voitures sont recouvertes d'un voile orangé qui harmonise l'horizon.

Les genoux d'Elisa côtoient ceux de Marco, sans un mot. Il la laisse s'enivrer des paysages comme lui, il y a déjà plusieurs années. Il ne veut pas gâcher, c'est une affaire personnelle. Il sait que la Calédonie ne se donne pas comme ça, qu'elle se mérite, qu'il faut du temps pour l'apprivoiser. Il sait que le temps ici n'est pas le même qu'en Occident, qu'il s'étire différemment, que c'est lui le patron. Avant, lui aussi était toujours pressé, s'agitant chaque jour dans la course du monde. Là, il a commencé par ralentir un peu puis énormément, se calant sur le flot local. Il a appris ce temps qu'il faut respecter, ce temps qui n'est plus linéaire. Sa vie a changé, il l'appréhende d'une autre manière. Ne pas brusquer Elisa. Juste la laisser aller à son rythme dans ses découvertes. Elle ralentira d'elle-même, peut-être. Il se refuse de tout lui expliquer pour qu'elle prenne le chemin que la Calédonie voudra bien lui laisser emprunter. Il essaiera d'être à ses côtés, juste pour l'accompagner et la protéger.

Des virages serrés puis larges, des grandes montées, la jeep finit par toussoter avant d'effectuer un petit arrêt. Le grand Sud s'étend à perte de vue. Désert. Pas âme qui vive à l'horizon. Pas de maisons. Juste cette végétation qui s'est adaptée à ce que la nature pouvait lui apporter : un sol ferreux sur lequel rien ne semble pouvoir pousser. La Calédonie est riche de son nickel. Le *Caillou* suinte, transpire. Laurène informe pourtant que c'est à cause de lui que des mines à ciel ouvert ont élu domicile à travers le pays, laissant une nature écorchée vive. Dévastée. La plus grande richesse engendre la plus grosse des menaces.

La blonde au fort caractère se débat dans des associations de protection de l'environnement. Elle reboise, nettoie mais elle avoue que c'est bien peu. Relevant les yeux, retrouvant son optimisme, elle montre, çà et là, des orchidées sauvages qui explosent un peu partout. Comme un instinct de survie.

Aride. Chaud. Lunaire. Irréel. La jeep force sur ses freins. Les virages sont très marqués puis de l'eau, beaucoup, bordée de ce rouge omniprésent. Le sang de la terre. Des arbres semblent flotter mais non, ils se dressent perplexes. Ce sont des bois de fer, des chênes gommes, des niaoulis imputrescibles. Sorte d'habitants étranges. La Foret Noyée. Comme rescapée. La jeep ne s'arrête pas, elle continue tout droit. Laurène informe :

— Le lac de Yaté, ce sera pour plus tard. Changement de cap vers la droite !

La route se rétrécit, s'enfonce dans la végétation qui souffre de plus en plus, qui se contente de peu, de trois fois rien, qui comprend la beauté de la simplicité. Pureté. Pour être heureux dans ces contrées, pas besoin de grand-chose. Ailleurs non plus, mais on ne s'en souvient plus. Ils sont loin les palmiers prétentieux des grands hôtels.

Quelques pas après le cabanon de l'accueil, elles se font déjà entendre, elles, les Chutes de la Madeleine… Elles grondent, sans trop en faire. Modestes. Un premier point de vue, les premiers clichés, noyés dans l'orange cuivré, le vert fluorescent et le blanc de l'écume des eaux sauvages qui se déversent dans la rivière. Il n'est pas question des Chutes du Niagara, pas d'exubérance ici, ce n'est pas la volonté de la Calédonie. Juste un endroit à part, levant le voile sur tous ses charmes… Puis la rivière serpente au milieu de ces paysages étranges, le *Caillou* étoffe son caractère. Au plus près des Chutes, juste au-dessus, avant leur tombant, Elisa s'offre sincère à l'appareil d'une Lucie professionnelle. Entrevoit-elle la singularité de cette végétation rebelle ?

Elisa, elle, ressent la Calédonie au plus profond. Elle la transperce, la poignarde chaque jour d'une émotion puissante, tranchante. Aujourd'hui, c'est la suffocation de cette végétation qui semble millénaire, qui s'est adaptée, qui s'est imposée malgré les difficultés, qui lui donne une leçon de vie mémorable.

Marco la regarde, sent ses émois, respecte ses découvertes, l'accompagne, trouve la juste place.

Laurène conseille, place, cherche les meilleurs angles, les plus beaux endroits, sourit toujours à Elisa, l'encourage, la flatte, sincère. Lucie mitraille, concentrée.

Laurène informe que même si le sentier botanique n'est pas long, elles n'ont pas le temps. Il faut aller dans le parc de la Rivière Bleue, en canoé, déambuler au milieu de la Forêt Noyée, les clichés seront uniques, décalés. Elle ne sait pas si cela plaira à Mme Percy, mais elle se doit de tenter le coup. Ces couleurs, ces ambiances, elle ne les trouvera dans aucune autre région et ça, Laurène le sait.

Harassé par le soleil qui cogne comme jamais, Marco propose un petit plongeon à deux pas, à la rivière de la Netcha, juste quelques minutes, le temps de se ressourcer et aussi de grignoter.

Laurène hésite, regarde sa montre, penche sa tête à droite, à gauche, fait non mais finit par dire :

— Oui, tu as raison Marco, Elisa sera plus fraiche après. Un peu de repos est bien mérité.

Marco semble satisfait d'avoir orienté un tout petit peu le cours de la journée. A peine cinq ou dix minutes plus tard, la jeep devenue rougeâtre, s'annonce à coups de reggae rythmé puis se gare sur un parking improvisé. Tout autour les paysages vallonnés semblent les protéger. Un souffle d'air envole des parcelles de poussières. Plus loin, quelques farés, des tentes parsemées, le bruit des gosses en train de s'éclater, les mamans affairées à préparer un petit dîner. Les pieds, les mains, les vêtements, les véhicules, tout ici s'harmonise avec la couleur du sang. Colorés de cette terre, l'union est sacrée. La rivière sillonne et se dévoile.

Marco n'attend pas une seconde pour plonger, retirant à la hâte son tee-shirt et balançant vite fait ses claquettes ornées de palmiers. Laurène le suit, entrainant avec elle une Elisa soulagée de s'immerger, après avoir tant transpirée.

Lucie se met en retrait, s'abrite sous un petit arbre, et depuis son petit coin semi ombragé, n'en perd pas une miette. Ces quelques clichés, on ne sait jamais, pourraient toujours servir. Après les insistances de Laurène, elle finit par lâcher prise et se mêle joyeusement aux fous rires et à la liberté dans laquelle les trois autres se sont déjà plongés. La pause ne dure pas longtemps, Laurène les rappelle à l'ordre rapidement. Après quelques sandwichs composés d'achards de légumes et de trocas, de fromage australien, de quelques tranches de saucisson de cerf, la jeep redémarre avec à son bord quatre individus aux cheveux trempés. A l'intérieur, la petite voiture commence à porter sa tenue de camouflage, elle aussi, les vitres coloriées. Laurène met en marche l'essuie-glace et projette le liquide pour nettoyer ce pare-brise souillé. Le reggae reprend, les esprits sont endoloris par la chaleur et la baignade, un sentiment de bien-être s'empare de chacun d'entre eux, oubliant leurs problèmes et le temps qui passe. Plus rien n'a d'importance sinon que de vivre, intensément et calmement à la fois. La Calédonie impose son rythme, imperceptiblement.

Chapitre 21

Après le grand panneau « *Parc de la Rivière Bleue* », un bureau d'accueil et un local à vélo, se dresse en gardien des lieux le gérant chaleureux de l'entreprise de location, un ami de Laurène invariablement.

— Ma Lolo, je n'avais réservé que trois vélos et trois kayaks… Pour un vélo supplémentaire, il n'y a pas de problème mais pour les kayaks…. La seule solution que j'ai à vous proposer c'est la location de deux kayaks une place et d'un canoé biplace. Est-ce que ça te va ?

— Parfait ! Marco ramera pour Elisa !

Sous le même soleil de plomb, ils s'enfoncent dans une végétation plus généreuse, qui offre des endroits bien plus ombragés. Après un pont et des sentiers balisés, la Forêt Noyée s'offre une nouvelle fois sous un angle surprenant : vision étrange faite de nombreux troncs blanchis. La fraicheur forestière les régénère. Les arbres s'imposent, s'envolent petit à petit dans les airs. Les Kaoris, seigneurs de la forêt, tutoient Houps et Araucarias centenaires. Puis, sur le côté droit, une petite plage propose les embarcations qui leurs sont réservées : deux kayaks et un canoé. Deux heures maximum de balade. L'eau est calme, douce, en pleine sieste. Elle semble vouloir envelopper les quatre jeunes gens motivés. Marco, en chevalier servant, rame pour la belle Elisa. Chaque mot échangé est pesé, réfléchi, pour ne pas déranger la quiétude du lieu, la tranquillité de l'âme. Lucie s'affaire avec son appareil, Elisa ne s'en occupe pas. Il n'y a pas de poses qui tiennent à cet endroit qui lui paraît magique, féerique. La vie crie sa puissance, la terre hurle son énergie, les arbres vocifèrent leur courage et leur pugnacité. Tout se ressent à l'intérieur, tout se vit, tout vibre. Ici, chacun retrouve sa place et l'homme n'y est qu'un visiteur de passage, témoin du monde qui l'accueille l'espace d'un instant.

Laurène propose une halte sur un îlot. Elisa ici doit prendre la pose, se changer derrière les fourrés, une fois, deux fois, trois fois. Laurène cherche les couleurs de maillots qui s'accorderont le mieux avec le décor somptueux. Elisa ne dit rien, elle trouve cette activité bien déplacée, trop superficielle mais elle le fait, elle s'est engagée. Marco regarde ailleurs puis s'éloigne un peu, il ne veut pas la voir comme ça. Non, ce n'est pas elle.

Une fois de retour sur le canoé, Elisa se livre à Marco. Elle a besoin d'exprimer tout ce flot d'émotions entassées depuis son arrivée. Les plages angéliques de l'Île des Pins, Bitou Minou et sa joie de vivre incommensurable, Pita et ses fruits étranges, le lagon s'offrant comme un jardin protégé, ces terres rouges au fort caractère. Elle se retourne, regarde l'homme compréhensif… Ils se perdent tous deux, quelques secondes, une minute peut être, elle attend une réponse, il décroche ses yeux puis dit :

— Je sais, je connais, j'ai vécu ça, quand je suis arrivé ici. Au début, j'étais venu juste en vacances, six mois, un an au plus. D'abord, j'ai découvert. Tout était magique, tout me plaisait. Ces couleurs, cette vie, ces gens accueillants aux cultures variées. Ensuite, c'est devenu un peu plus compliqué. J'ai cherché du travail et j'ai galéré. J'ai fini par dégoter quelques cours de planche à voile sur l'Anse Vata mais mes comptes n'étaient vraiment pas au beau fixe. Puis, j'ai rencontré vraiment ce pays, ces habitants, ces paysages parfois violents, la culture tellement riche et l'Histoire. Cette Histoire qui te fout une claque, une grosse gifle même un coup de poing féroce. Cette Histoire forte et marquée. Je suis passé par toutes les étapes : la surprise, la curiosité, la culpabilité, la colère, la honte, la rage, la fatalité. Je me suis dit que je suis bien peu de choses. La diversité culturelle m'a beaucoup appris. Tous ces rites, ces traditions qui survivent ici même si finalement nous sommes tous esclaves de l'argent maintenant. Tu sais, des fois, on a besoin de retrouver ses repères. Alors, je me suis fait des potes, comme moi un peu désorientés, une famille s'est créée. Je leur dois beaucoup, je les aime au plus profond Si je pars un jour, ils seront dans mon cœur, pour toujours à mes côtés. Ici, tu vois c'est puissant. Jamais je n'aurais pu soupçonner vivre des émotions si vives, si joyeuses, si désespérantes. Plusieurs années ont passé, je suis encore là, je suis bien, même si parfois le mal du pays m'entraîne, ma famille me manque. Je ne roule pas sur l'or, je vis un peu au jour le jour mais j'ai mon bateau, à moi. Un arpège de neuf mètres, mon petit trésor, que je bichonne, que je dorlote. La mer est mon jardin, la Calédonie est mon paradis. Je suis reconnaissant de cet accueil qu'on m'a réservé. Tu sais Elisa, en trois semaines, tu n'auras qu'un aperçu mais tu as l'air sensible à l'énergie de cette terre. Elle ne se livre pas à tout le monde, je te le promets. Elle choisit soigneusement ceux qui vont rester, ils sont ses invités. Mais je sens que toi, tu es déjà adoptée, ça ne s'explique pas. Je ne pense pas me tromper, c'est comme ça.

Elisa essaie de comprendre les mots de Marco, elle réécoute chaque phrase, elle analyse, ne comprend pas tout, elle devine un peu.

De retour à Nouméa, Elisa demande à Marco d'un air malicieux :

— Un p'tit tour au *nakamal* ? Voir le coucher de soleil ?

Lucie essaie de s'opposer. Elle n'a pas particulièrement apprécié ni la boisson ni l'endroit mais Laurène embraye en répondant à la place du skipper :

— Bonne idée, un bon p'tit *kava* pour finir cette belle journée !

La petite file d'attente. Le *cinquante* versé dans une demi-coco. Le *manuia* à l'unisson. Le *cul sec* dans l'endroit un peu reculé. Elisa se régale, le goût reste mauvais mais elle savoure l'instant, elle partage le moment. La photographe reste en retrait, elle ne veut plus s'y risquer. Les mêmes potes soudés les embrassent, les saluent, racontent leurs journées, posent des questions.

Laurène se rapproche de plus en plus d'Elisa, elle se confie. La petite blonde l'apprécie, cette fille est à part, aucune méchanceté, juste un être à rassurer mais avec qui elle ne se lasse pas de converser. Elle sait écouter. Des ondes saines et pures se devinent sous sa cuirasse montée de toute pièce. Une fille qu'on a envie de protéger aussi, d'aider à se délivrer. Elisa se raconte un peu, mais pas trop. Sa vie de métropole, sa vie normale, elle n'a pas vraiment envie d'y penser, alors elle évite le sujet malgré les questions appuyées.

Les filles rentrent sous un ciel orangé. Lucie va se coucher, épuisée. Laurène invite Elisa à passer le reste de la soirée chez elle. Les deux se délectent d'une soirée annonçant le début d'une grande amitié.

Chapitre 22

Il est treize heures quand Laurène vient chercher les filles à l'hôtel. Elles ont eu du temps pour se reposer, se balader sur l'Anse Vata et se baigner sur la plage juste en contrebas. Hier, Laurène s'est couchée tard. La soirée avec Elisa a été animée et un peu arrosée, entièrement consacrée à papoter, à se confier, à rigoler. Laurène en a profité pour demander à Elisa ce qu'elle pense de Marco. Celle-ci a juste avoué le trouver très beau et attentionné, sans trop en rajouter, un peu gênée. Puis, Elisa a changé de sujet, a évoqué sa mère, Pierre, Gobel, Lucie, les années qui passent, le mariage qui ne vient pas, la promotion de Pierre dont tout dépend.

Laurène a écouté, a commencé à la cerner, lui a tout de même conseillé de s'affirmer. À son tour, la jeune voyagiste s'est livrée, avec confiance, sans fard. Elle lui a parlé de sa récente rupture avec Thibault, de sa fragilité depuis, de son désir peut être de repartir, de voyager, de tenter l'Amérique du Sud avec une vieille copine, pas maintenant mais dans les mois qui suivront.

Laurène aide les filles, comme pour le départ à l'Île des Pins, à faire leurs valises, à sélectionner les pièces les plus appropriées, celles qui n'ont pas été portées en priorité. Douze kilos maximum par bagage pour les vols intérieurs. Elle les dépose à l'aérodrome de Nouméa en leur tendant leur billet. Elisa lit la destination : Lifou. Dans le reste de la pochette que la blonde a préparée, le nom de l'hôtel et le nombre de nuitées, le contact de celui qui les attendra à l'arrivée, une carte de l'île.

Laurène embrasse Elisa comme si elle partait pour de bon, la serrant fort dans ses bras en lui murmurant :

— Ne t'en fais pas, le vol ne dure pas longtemps. Et là-bas, tu verras, c'est un autre monde, encore bien différent… Profite bien !

Elle embrasse Lucie de manière plus détachée. Pourtant, Laurène aurait juré qu'elle s'attacherait davantage à la photographe mais finalement, non, c'est Elisa qui l'a emportée par sa timidité et ce grand cœur qui déborde derrière cette carapace trop étriquée, sur le point d'exploser.

Elisa, perdue dans ses pensées, Marco dans la peau, ne pense pas à prendre son quart de tranquillisant. Elle ne tremble pas, ne s'agite pas. Par précaution, elle saisit un stylo et le livret de mots fléchés et se concentre sur les mots à trouver. Cette technique semble lui suffire, elle jette ses yeux curieux par le hublot, avale les paysages vibrants, se noie dans les dégradés des couleurs de l'océan. Le pilote finit par annoncer :

— Nous amorçons notre descente vers Drehu Lifou. Pas l'ombre d'un nuage, vingt-sept degrés à l'arrivée.

Tout le long de la descente, Elisa découvre des falaises, des forêts denses, quelques maisonnées parsemées. L'île parait étendue et plate. Quelques plages de sable blanc se distinguent de ci de là. L'ATR 72 tape une première fois, Elisa sursaute, serre les fesses, se cramponne aux accoudoirs, puis un deuxième impact avant de freiner. Pas un son n'est sorti de sa bouche, rien, elle a juste serré les dents.

Les passagers sont invités à débarquer. Pas de grands couloirs et encore moins de tapis roulants s'étendant à l'infini. Un panneau indique fièrement mais modestement : *Lifou Wanaham.* Les agents débarrassent les quelques bagages des invités. Lucie et Elisa font leur entrée dans le petit hall d'arrivée, agrémenté de ventilateurs tournant bruyamment au plafond. L'invariable panneau *Zalia lingerie* s'agite sous leurs yeux. La petite navette de l'hôtel les embarque, les fenêtres ouvertes sur l'horizon, les alizées les berçant doucement.

Les deux jeunes femmes sont dirigées vers un bungalow de grande classe offrant tout le confort rêvé, posé sur le sable de la baie de Chateaubriand. Terrasse sur la mer, salle de bains avec baignoire et douches séparées, grand salon, télévision, climatisation, nécessaire à thé et café. L'employée règle la clim sur vingt-cinq degrés. Elle indique que c'est le mieux, une trop grande différence de température entraine souvent des rhumes.

La vue imprenable sur le lagon dévoile des bleus variés. Situé au cœur de la capitale de Lifou, l'hôtel se targue d'un cadre paradisiaque. Ne pouvant résister plus longtemps, elles plongent dans la carte postale, toutes deux galopant vers l'eau si limpide qu'elle parait inventée. Cette eau qui ne les rafraichit pas tant elle est chaude. Le bonheur et la joie se dégagent des visages. Elles se vivent privilégiées, chanceuses, heureuses. Lifou commence à faire ses petits miracles. Quand elles se délectent d'un petit mojito sur les transats, à côté de la piscine cristalline, les yeux accrochés au lagon, le sentiment de plénitude est à son comble.

C'est à ce moment qu'elles entendent, d'une voix discrète mais puissante :

— Hey les filles ! Bonjour !

Elles se retournent et découvrent Pita, short claquettes tee-shirt publicitaire avec à son bras sa cousine Lala.

— Hé Pita ! Salut ! Quel hasard ! Que fais-tu là ? demande Lucie.

Elisa se lève et embrasse Lala, tout sourire, légèrement en retrait, parée de sa robe aux tons colorées qui tombe au bas des pieds.

— Asseyez-vous avec nous, propose Elisa sûre d'elle. Que voulez-vous boire ?

— Deux *Number one* bien fraiches, répond sans réfléchir Pita.

— Vous êtes en vacances ? demande Elisa en se tournant vers Lala.

— Non, c'est le mariage d'une cousine demain. Nous sommes venus boire un petit verre pour se détendre mais nous n'allons pas trainer, nous allons repartir pour aider. Ce mariage n'est pas banal car normalement, les mariages sont proclamés en avril ou mai, à la sortie de terre des ignames. Mais là c'est un mariage *corbeille*, en d'autres mots, un mariage express. Est-ce que vous voudriez venir y assister ? Je peux demander l'autorisation ce soir ?

Elisa et Lucie se regardent puis échangent. Lucie trouve qu'elles n'ont pas le temps Elisa, elle, insiste, au moins un peu, ne serait-ce qu'une heure ou deux, pour partager un moment, pour découvrir leur culture. Elisa répond alors à Pita :

— Oui, nous voulons bien mais nous ne pourrons pas rester trop longtemps.

— Je vais voir ce que je peux faire, je vous tiendrai au courant demain matin.

La soirée se poursuit, ponctuée d'éclats de rire et de verres qui s'entrechoquent. Pita est en grande discussion avec Lucie et Elisa semble s'entendre à merveille avec Lala. Elle peut enfin lui demander son avis sur les robes *mission,* avis qui la taraude depuis quelques jours déjà. Cette robe élégante que Lala porte avec une grande classe et très fièrement. La réponse de la jeune femme est détaillée et suit un discours très réfléchi :

— Je comprends ton questionnement, commence Lala. C'est vrai qu'avant la robe *mission* était le symbole de la dévalorisation occidentale de la femme Kanak et du regard réducteur occidental face aux autres. Mais nous les femmes, nous avons su nous l'approprier. Elle a beaucoup évolué, nous l'avons façonné puis transformé. Ce symbole réducteur est devenu, par notre seule volonté, progressivement un signe identitaire que nous revendiquons avec fierté. Il m'arrive bien sûr de m'habiller autrement mais j'aime par-dessus tout porter mes robes, c'est quand je les revêts que je suis entièrement moi-même et que je ne cède pas justement à la mode européenne qui veut nous happer. Quand je suis partie faire mes études en métropole, je mettais mes robes… Même si en dessous je devais porter des pantalons pour ne pas avoir trop froid.

Elisa la regarde et ne peut s'empêcher de l'admirer. Cette femme si belle, si rayonnante mais surtout si clairvoyante et intelligente qui semble avoir un recul fou sur la société ambivalente dans laquelle elle vit aujourd'hui. Elle aimerait la questionner encore et encore, avoir son avis sur tel ou tel fait d'actualité mais Pita les coupe :

— Lala, on démarre.

Les deux jeunes gens se lèvent et servent en chœur un « Tata » sonore et puissant accompagné d'un « Demain ! » souriant de pureté et de sincérité.

Autour d'un buffet *grillades à volonté*, les deux jeunes femmes se retrouvent à converser comme avant. Lucie découvre cependant une Elisa qu'elle ne connaît pas, avec un peu plus de répondant. Elle s'était réfugiée au fond d'elle-même et déborde aujourd'hui de toutes parts, vêtue d'un déguisement trop grand. La nuit s'étire. Bercées par le bruit de l'océan, les deux femmes se lovent dans le confort du bungalow suréquipé.

Chapitre 23

Au petit matin, après un réveil doux sur la terrasse ombragée, les deux amies se prélassent autour du buffet des petits déjeuners, aussi garni qu'à Nouméa quand une des employées vient les trouver et leur dépose un rouleau de tissu fleuri et un paquet de tabac brun à rouler avant d'annoncer :

— Pita viendra vous chercher à dix heures, vous êtes invitées au mariage de sa cousine.

Elle tend maintenant un pochon dans lequel ont été déposées deux robes *mission* vertes et blanches.

— Il vous faudra les porter. Rendez-vous dans le hall d'accueil à dix heures, répète la jeune employée.

Lucie regarde Elisa d'un œil un peu accusateur. C'est de sa faute si, aujourd'hui, elle ne peut pas shooter. Mme Percy va les sermonner…

Elisa pense à Laurène, à ses conseils d'affirmation. Puis elle la fixe. Sans un mot, elle lui fait comprendre qu'elle est ravie de cette nouvelle et que la culpabilité ne la traversera pas, même un instant. Puis elle se lève et se dirige vers le bungalow avec la ferme idée de se préparer, de faire honneur à ses hôtes qui l'ont invitée. Elle se tourne vers Lucie et lui dit, le menton haut :

— Tu viens, on va se changer ?

Lucie bougonne à l'arrière mais suit le pas, contrainte et forcée.

Inquiète mais excitée, Elisa sourit à Pita qui se présente devant elle dans le hall d'entrée. Elle était un peu avance, elle ne voulait pas le faire patienter. Elle tient dans sa main le rouleau de tissu et le paquet de tabac à rouler. Enervée par le manque de respect de Lucie qui n'est pas encore prête, la jeune femme propose :

— Pita, Lucie n'est pas encore prête, elle ne va pas tarder. Est-ce que je peux t'offrir un café en attendant ?

— Avec plaisir mais elle en a pour longtemps ? Nous avons la Coutume à présenter.

— Non, elle va arriver, sinon j'irai la chercher.

Accoudé sur le bar du restaurant, Pita explique la Coutume en réponse aux curieuses questions d'une Elisa intéressée. Il informe qu'il a déjà fait une Coutume la veille pour elles, qu'il a demandé l'autorisation de les amener et que cela a été accepté. Elisa ne comprend pas trop ce que signifie *faire la Coutume*. Alors Pita, patient, donne les informations qui lui semblent les plus accessibles :

— *Faire la Coutume*, commence Pita en pesant chaque mot, c'est d'abord faire un geste qui matérialise une parole. Ce geste coutumier est une marque d'attention qui s'accomplit dans la plus grande simplicité. De la même manière que tu n'arrives pas les mains vides chez quelqu'un dans ton pays, le respect du peuple Kanak passe par cet usage. En échange, tu seras chaleureusement accueilli. *Faire la Coutume,* c'est aussi passer par la grande porte d'une maison et non pas par la fenêtre à la dérobée. C'est se présenter, s'annoncer. Ce sont des coutumes d'accueil. Ensuite, dans le monde Kanak, on *fait la Coutume* pour des événements particuliers comme les mariages ou les deuils. Elles sont alors très importantes, peuvent sceller des relations entre des clans, dans le respect des généalogies et de la hiérarchie coutumière. Il y aurait tellement à dire Elisa…

Pita regarde la jolie touriste qui absorbe chaque mot prononcé mais semble un peu perdue par ce flot d'informations. Pita poursuit alors :

— Mais tout cela est peut-être un peu abstrait ou complexe pour toi qui découvres le pays. Tout ce que tu dois savoir, pour l'instant, c'est que tu es attendue et que tu es la bienvenue, que les portes te sont grandes ouvertes. Nous irons dans une grande salle, tu t'assiéras sur les nattes. Je me lèverai et je présenterai votre Coutume pour le mariage. Tu n'auras qu'à regarder et à écouter. Ne t'inquiète pas, tout va bien se passer. Lala et moi serons là, vous êtes nos invitées.

— C'est entendu, répond Elisa, très excitée.

— Et je voulais te dire aussi, la robe *mission* te va très bien ! avoue Pita en lançant un clin d'œil complice à sa nouvelle protégée.

Elisa se lève, demande un moment au jeune homme, puis se dirige vers le bungalow. Lucie est là, tournant une petite cuillère dans sa tasse de thé. Elisa interroge, fâchée :

— Que fais-tu ? Pita nous attend !

— Je ne savais pas, j'arrive, répond Lucie anxieuse.

Gauche dans sa robe mission, la mine fermée, Lucie emboite le pas pressé d'Elisa.

Pita leur ouvre avec respect les portières de la petite voiture qu'il a empruntée pour l'occasion. Elisa est à l'avant. Les yeux écarquillés dévorent chaque parcelle de terre, chaque piéton croisé. Puis, quelques minutes plus tard, passées à la vitesse d'un éclair, la voiture se gare sous un grand manguier.

Là, une église bâtie en pierre avec deux tours crénelées dignes d'un château médiéval, dénote quelque peu au milieu des farés et des cocotiers. Les deux touristes sentent immédiatement l'importance de la vie religieuse sur cette île. Elisa n'a pas mis les pieds dans une église depuis des années. Tout le monde est déjà à l'intérieur et malgré une foule débordant de l'édifice, Pita tient absolument à leur trouver un petit espace à l'intérieur. À cause du retard accumulé, ils ont manqué la cérémonie civile et le début de l'office religieux…

Elisa a honte. La tête baissée, elle se concentre sur les mots de l'homme de foi. Et puis, comme ça, d'un coup, elle entend ces voix qui s'élèvent. Rauques. Pures. Intenses. Une polyphonie puissante qui balaie tout sur son passage, qui soulève les cœurs. Dans une langue inconnue, mélodieuse. L'harmonie est infernale, presqu'insupportable. Les larmes d'Elisa explosent. L'émotion est profonde, un tsunami intérieur, un éclat insouciant. Elle lève les yeux. Ces femmes, ces hommes, tous assortis des mêmes couleurs, chantent en faisant voltiger les notes. Elles dansent au milieu du blanc et du vert des chemises et des robes *mission*. La même tenue qu'Elisa. Elle fait partie de leur groupe, de leur famille. Elle est blanche et verte. Voilà c'est fait, ils l'ont emportée, hypnotisée.

Quand le moment de sortir de l'église arrive, Elisa est encore bouleversée. Elle préfère s'éloigner en direction de la plage immaculée, reprendre ses esprits, quelques instants, dompter ces extrêmes sensations. Du bout des doigts, elle effleure l'eau salée transparente et mouille légèrement son front. Une fois apaisée, elle revient sur ses pas et se mélange aux nombreux invités. Des sourires insensés, des yeux expressifs lui balancent à nouveau une chaleur poignante. Elisa tangue, n'en revient pas, pétrifiée, fascinée par cette communauté tellement humaine. Une humanité qu'elle ne connaissait pas. Comme si, dans sa fragilité, tout à coup, elle était épaulée, entourée, aimée.

Un tranquille effet de foule pousse le cortège pédestre vers un terrain plat et vaste. Plusieurs bâtiments se font face. Certains sont en béton alors que d'autres sont des farés recouverts de feuilles tressées. A peine arrivés, Pita dirige ses deux protégées vers une grande salle, fenêtres et portes ouvertes dans laquelle sont disposées une multitude de nattes qui se chevauchent par endroits. Des femmes, des hommes assis, pieds nus, jambes croisées ou tendues, une bonne cinquantaine, au moins, écoutent des hommes qui se tiennent debout, qui ne cessent pas de parler dans une langue inconnue puis en français. Au fond, sur des gros fauteuils siègent les deux mariés. Sur la droite, deux personnes notent sur un petit carnet des chiffres et des noms.

Pita fait signe aux filles de s'assoir près de Lala. Puis un des hommes debout le fixe et lève les sourcils. Pita se lève et commence à parler à l'assemblée après avoir déposé, aux pieds des orateurs, le rouleau de tissu et les billets. Elisa entend son prénom, écoute les longues phrases bien prononcées, ce ton bienveillant. Après quelques minutes de palabre, l'un des hommes attrape le rouleau de tissu et prend la parole en retour. Elisa retient quelques mots forts qui résonnent en elle :

— Elisa, Lucie, vous êtes les bienvenues parmi nous. Nous sommes honorés par votre geste qui indique que vous respectez notre culture. Nous sommes fiers de partager ce moment si important qu'est le mariage de Denise et Victor, qui va sceller nos familles de l'Île des Pins et de

Lifou en ce jour. Vous faites désormais partie de notre communauté, vous êtes ici chez vous.

Puis l'homme tend le tissu à un autre à l'arrière. Il évoque le respect des différentes cultures, les richesses que les uns et les autres peuvent s'apporter.

Elisa est admirative, l'homme est un grand orateur qui prend son temps pour parler, occupe tout l'espace de la pièce sans avoir besoin de bouger. Ses mots voltigent emprunts de bonté, d'humilité et de sagesse. Elle entrevoit alors un nouveau monde qui se présente devant elle, bras ouverts. Les larmes montent encore aux yeux de la jeune métropolitaine qui se sent émue comme jamais. Elle est avide de savoir, de connaître, de discuter, d'échanger, d'apprendre à leurs côtés. Il lui semble alors qu'elle n'a jamais touché le vrai sens de la vie avant tout ça, avant eux. Ils lui semblent authentiques, préservés. Elle peut se tromper mais elle est attirée par une force puissante, comme un aimant. Un choc, surprenant. Lala pose une main sur sa jambe recouverte de la robe verte et blanche et lui souffle :

— Ça va Elisa ? Tu veux prendre l'air ?

Elisa se contente de lui sourire et murmure juste un :

— Merci.

Lala se redresse et la laisse alors s'immerger dans cette culture inconnue qui se dévoile devant elle.

Elisa, reconnaissante, boit les paroles, mange les mots, même quand elle ne les comprend pas. Elle reste là, attentive à chaque phrase, à chaque pas, à chaque sourire que les femmes lui adressent.

Lucie, elle, est sortie avec Lala. Au milieu de la grande pièce, seule blanche parmi tous, elle se sent en apprentissage, en formation de sa vie. Elle le sent, à partir de cet instant, plus rien ne sera jamais plus comme avant.

Toute la journée, la jolie brune déambule au milieu des convives. Elle est présentée à chaque personne, fait le tour des cuisines et se voit même installée à la table des mariées. On s'occupe d'elle, on la bichonne. Il n'est pas question qu'elle travaille, elle est du côté de la famille de l'épouse, ce n'est pas à elle de s'activer. C'est l'entourage du marié qui prépare tout. Les chants des femmes, superbes polyphonies la font de nouveau chaudement pleurer. Touchée, elle ne peut pas se retenir, l'émotion est trop forte, incontrôlable. Elle fait seulement attention de ne pas déranger, de ne pas se faire trop remarquer. Les danses qui accompagnent chaque plat par les femmes s'envolent dans son esprit dans un ballet d'émotions inconnues. L'organisation est parfaite. Le bougna, plat traditionnel cuit dans des feuilles de bananiers à l'étouffée sous la terre, porte en lui un labeur partagé par toute la communauté. L'ambiance joyeuse est sincère. Chacun y met du sien, chacun apporte sa pierre à l'édifice. La solidarité tranche avec la vie individualiste qu'elle connaît dans son quartier.

En fin d'après-midi, Pita les ramène à l'hôtel sur la demande de Lucie qui pense aux clichés qu'elle n'a pas fait durant la journée. Elle a dans l'idée de shooter Lucie au coucher du soleil. Elle s'est renseignée, la plage de Peng lui a été conseillée, au sud de l'île. Une fois Pita remercié, Lucie accourt au bungalow, attrape son appareil photo et demande à l'hôtelier si une voiture peut les amener. Une solution est trouvée et Lucie retrouve ses rires éclatants en direction des prises de vue qui l'attendent.

Elisa, perdue dans ses pensées, se laisse mener, trouvant l'objectif inintéressant, superficiel. Elle fait l'effort pour Lucie, pour Mme Percy, en énonçant intérieurement les paroles de Laurène : « *Casse pas la tête* ! ».

Chapitre 24

Après ces quelques jours à Lifou, Elisa ne remonte pas à la surface, encore plongée dans l'ambiance si particulière de l'île qui lui a offert ses sourires, ses paysages et son hospitalité. Nouméa lui paraît même trop civilisée. La circulation, le bruit, les gens, l'agitation de la ville la gênent alors qu'elle la trouvait bien trop tranquille auparavant. Elle est cependant très heureuse de retrouver Laurène.

Cette dernière comprend immédiatement qu'Elisa a reçu le choc, comme elle, la première fois. Lucie lui semble intacte. Elle se dit qu'elle est passée à côté. A côté de tout ce qui vibrait. Cette fille si bourlingueuse visite les pays en simple touriste. Cela lui fait penser à une citation, qu'elle aime déclamer à tout bout de champ : *« Le voyageur ne sait pas où il va, le touriste ne sait pas où il est allé. »* Ce samedi neuf mars, Laurène conduit ses protégées dans la suite, à laquelle elles se sont habituées, avant de les laisser se reposer. Le lendemain, une journée encore bien remplie les attend.

Dès huit heures, la voyagiste les presse. Le départ du catamaran est prévu pour neuf heures. La météo paraît favorable à une belle virée dans le lagon : soleil, légère brise, pas un nuage. Les maillots de bain et paréos sont vite entassés, la plupart ont déjà été photographiés. Le travail pour Zalia lingerie est quasiment terminé, quoi qu'il se passe. Lucie est tout de même efficace.

Cette fois, dans la voiture, les places changent. Elisa se dépêche pour pouvoir s'assoir à l'avant, près de Laurène, afin de pouvoir profiter au maximum de l'ambiance des rues, du reggae qui chante dans l'auto-radio un peu vieillot, des paysages qui se devinent au loin.

A l'arrière, Lucie fait des réglages sur son appareil, change les zooms, les objectifs, appuie sur des boutons, ouvre son ventre, l'opère, replace des piles.

Elisa, elle, s'empiffre, se gave des gens qui marchent, courent ou se baignent, des gamins qui sourient, des femmes qui se protègent du soleil avec leurs paréos, des européennes qui se grillent en bikini épuisant innocemment leur capital soleil. Elle tripote son bracelet orange en même temps, se demande si Pierre a eu sa promotion, s'il prépare sa demande ou a été voir la banque pour le crédit. Une pensée fugace la traverse : pourraient-ils vivre ici ?

Laurène gare la jeep au milieu des nombreux quatre-quatre flambant neufs. Les deux nouvelles amies parlent de tout et de rien, du temps qu'il fait, des détails de la journée.

Lucie manipule toujours son appareil, très concentrée.

La vue du catamaran ne fait plus le même effet à Elisa, elle est moins impressionnée mais plus préoccupée. Ce qui lui trotte en tête, c'est ce cœur qui s'emballe chaque fois qu'elle aperçoit Marco. Ces mains qui deviennent tout à coup moites et cette chaleur qui monte en flèche la brulant à l'intérieur, dangereusement.

Le skipper se montre, droit et solide, à l'avant du bateau. Il se tourne vers Elisa et en un éclair, il la pénètre. Il s'engouffre par ses yeux immensément grands, au fin fond de son intimité. Quand il pose sa bouche sur sa joue pour la saluer, son cœur se soulève… Elle doit se calmer. Elle ôte ses claquettes bleues et vertes, baisse la tête et respire à pleines bouffées trois fois pour s'apaiser. La technique marche, elle retrouve ses esprits et détourne son attention grâce aux photos sur lesquelles elle doit poser. Pour une fois, elle s'investit, se passe une huile satinée, cherche les accessoires qu'elle pourra assortir avec chaque pièce. Lucie lui sourit, s'empresse de l'aider et de la conseiller.

Le catamaran s'avance dans le lagon, paisible, quand un cri de Laurène les fait toutes deux sursauter :

— Elisa ! Lucie ! Montez sur le pont ! Dépêchez-vous !

Les deux jeunes femmes apeurées accourent, manquant une ou deux fois de trébucher. Laurène montre une direction précise de son index, le bras tendu.

— Une tortue, là-bas. Elle a disparu… Elle est redescendue, elle va remonter d'ici quelques secondes, il faut guetter. Peut-être aurez-vous de la chance…

Lucie s'empresse, court dans la cabine chercher son appareil photo. Marco change de cap pour se rapprocher puis baisse le régime du moteur.

— Elle est là ! Je l'ai vue ! s'exclame Elisa, étonnée par cette vision sauvage de l'animal. Surréaliste.

Quand Lucie réapparaît enfin, la tortue a plongé. C'est terminé. La photographe est attristée. Laurène la console, prétexte qu'elles en verront certainement d'autres. Les tortues sont fréquentes dans le lagon. Tenant fermement l'appareil, Lucie se met en appui sur les filins de sécurité et attend, stoïque, qu'un invité marin vienne croiser son objectif.

Elisa, soulagée, bénéficie d'une pause bien méritée. Partager un petit café avec Laurène, se prélasser dans le carré, sentir la brise la caresser.

Laurène a besoin de parler, le sort des tortues marines est un sujet intarissable. Tout y passe : les différentes espèces, leurs cycles de vie, les nombreuses menaces qui pèsent sur elles, les déchets qui les déciment, surtout les mégots et les sacs plastiques, la ponte des bébés sur une plage à une centaine de kilomètres de là… Laurène fait partie d'une association de sauvegarde du lagon.

Elisa l'écoute avec attention, la comprend aussi, mais avoue ne pas avoir développé une grande conscience de ces choses-là auparavant. Elle trie ses déchets à la maison et elle évite de gaspiller mais s'investir dans une association comme Laurène, elle n'y a jamais pensé. Aujourd'hui pourtant, elle trouve ça bien, voire nécessaire. Elle est décidée, elle se renseignera et essaiera. Elle dégagera du temps en délaissant un peu les blogs tendances mode et beauté.

Les minutes défilent à une allure folle et nonchalante à la fois. Le catamaran marque un arrêt. Marco descend l'ancre puis l'annexe en proposant :

— Les filles, nous sommes arrivés sur un joli petit îlot désert, c'est l'un de mes préférés, Rétika. Vous pourrez surement prendre de belles photos et lézarder un peu si le cœur vous en dit.

Marco s'approche d'Elisa et lui tend un verre de citronnade bien sucré qu'il a préparé ce matin puis mis au frais.

Elisa rougit, ébranlée par son attention. Elle sent son regard tenté. Mais elle ne peut pas laisser la distance s'effacer.

La sentant gênée, il essaie de briser le silence et lui lance :

— Tu gardes ta montre toujours accrochée à ton poignet ?

— Oui, je ne la pose jamais, même pour me doucher. Elle résiste à l'eau.

— Tu devrais pourtant la décrocher, l'eau de mer et le sable vont finir par l'abimer. Tu veux que je t'aide ?

Marco s'approche et détache avec soin la montre qui laisse apparaître une marque de bronzage très marquée. Les peaux s'effleurent, la tension monte. Marco n'en peut plus, il sent les effluves d'Elisa, une odeur douce mais affirmée qui l'enivre, le submerge. Il a envie de la toucher, de l'embrasser, de la caresser, de la regarder. Il est attiré, éperdument… Il va s'approcher encore plus, un petit pas, un baiser...

Elisa recule et rejoint les filles qui s'apprêtent à embarquer sur la petite annexe en contrebas.

Marco se reprend, suit le mouvement, ses yeux encore hypnotisés. Un peu déçu d'avoir manqué l'occasion maintenant échappée.

Le skipper tire d'un coup sec sur la corde pour faire vrombir le petit moteur. Elisa, en équilibre, est assise sur un boudin. Seule la barre les sépare, quelques centimètres. Elle agite ses yeux, à gauche, à droite, puis fixe l'horizon, pour ne plus sentir cette tension. La petite annexe *beache* alors sur une plage de sable fin déserte. Marco, illico presto, ramasse une coco, la tranche d'un coup sec de son sabre bien affuté et la tend à Elisa, comme une offrande.

Elle boit à petites gorgées le liquide qu'elle n'apprécie pas plus que ça. Assise sur son paréo, la coco à la main, le regard dans le bleu éclatant puis dans la menthe à l'eau, Elisa croit rêver. Puis Lucie interpelle :

— Hey, Elisa, tu viens, nous avons dégoté des petits endroits parfaits pour une séance de shooting.

Laurène n'est pas loin, tenant à bout de bras une dizaine de maillots bariolés. Marco ne préfère pas assister à tout ça, il ne veut pas la voir comme ça, comme un objet qu'on retourne et qu'on place de ci de là. Il part nager, afin de se calmer, de ne plus y penser, à elle, à rien.

Marco a des responsabilités. Une fille de huit ans, Juline. Gentille mais un peu perturbée par la séparation de ses parents. Mais comme tous les gamins, elle s'y est fait. Elle est en garde alternée. Elle a de la chance par rapport à certains de ses copains, ses parents s'entendent bien. Ils fêtent même son anniversaire tous les quatre. Oui, tous les quatre car sa maman a un nouveau mari, Raphael. Au mariage, c'est elle qui a amené les alliances. Elle était fière. Raphael est quelqu'un de bien, c'est un instituteur. Il sait s'y prendre avec elle, il l'aide à faire ses devoirs et l'accompagne au karaté. Mais elle ne peut pas s'empêcher de penser qu'elle préfèrerait son papa, Marco, dans la jolie maison. C'est avec lui qu'elle aimerait se baigner le soir. Mais ce n'est pas si grave, Juline est habituée. Quand elle est chez son père, elle vit sur un bateau. Elle saute à pieds joints d'une vie à l'autre, d'un jardin piscine à un jardin lagon. Avec son père, elle se balade en mer, pêche à la traîne ou à la ligne, court sur les pontons, joue avec les enfants des copains de Marco. Toute la petite bande s'entend bien. Son père ne lui a jamais présenté de petite amie, elle ne sait pas si elle aimerait. Il faudrait qu'elle soit très sympa.

Marco nage le crawl à la perfection. Il compte pour respirer au bon moment, du bon côté. Aux pieds, il porte des longues palmes, immenses. Une sirène au masculin. Il n'a pas besoin de tuba, il fait des apnées longues et maitrisées, il est entrainé. Il va, trois fois par semaine au club avec Jo. Il s'améliore et passe avec brio les différents niveaux. En statique, il atteint plus de trois minutes trente et en dynamique, il se défend bien, il dépasse les quatre-vingts mètres. Au moins une fois par mois, les garçons se réservent une journée pêche sous-marine dans le lagon. Ils partent de très bonne heure, vers les quatre ou cinq heures du matin. Souvent, ils ramènent des poissons variés et en grillent quelques-uns sur un îlot désert. Le reste du butin est partagé puis congelé en attendant une fête ou un barbecue entre amis.

Quand il rejoint la plage, Marco aperçoit les filles qui sont en train de remballer. Elisa ne porte plus le même maillot. C'est encore un nouveau, rouge et jaune, qui lui va très bien. Elle a noué un paréo autour de sa fine taille. Il a l'impression qu'elle marche sur la pointe des pieds, comme si elle portait des talons. Elle est élégante et ses longs cheveux ondulés lui donnent un charme un peu sauvage. Jamais une fille ne lui a fait autant d'effet. Ce qui l'attire le plus, peut-être, c'est son mystère. Et puis au *nakamal*, elle l'a surpris, malgré le fort goût terreux, elle n'a pas hésité une seconde. Pourtant, il sait qu'elle va bientôt repartir et une aventure avec elle le ferait trop souffrir. Il sait déjà qu'il ne pourra plus s'en passer. Alors il essaie de se retenir, c'est dur mais il y arrive. Pour l'instant, il tient bon.

Petit à petit, Elisa, libérée de la corvée des photographies, s'approche de Marco occupé à diriger le bateau. Elle l'observe, il sait ce qu'il fait, il la rassure. Elle lui demande si ce métier lui plait, s'il peut lui expliquer comment le bateau fonctionne, pourquoi il n'a pas mis les voiles comme la dernière fois. Pas besoin d'être très expérimenté pour se rendre compte qu'il n'y a pas un souffle d'air aujourd'hui et que même les alizées ne sont pas levées. Alors il montre, explique, la laisse même quelques instants suivre le cap. Lui n'a qu'une envie, la serrer et l'embrasser alors il ose lui demander :

— Tu as quelqu'un dans la vie ?

Elisa sourit puis semble un peu gênée. Elle n'a pas du tout envie de lui en parler mais, là, elle est obligée d'avouer :

— Oui, il s'appelle Pierre. Il est comptable. Nous ne sommes pas mariés pour l'instant mais ça ne devrait pas tarder. On attend juste sa promotion pour acheter et se lancer dans le mariage. On espère avoir des enfants après.

Marco la fixe, assassiné, poignardé. Son cœur se fend, comme si un coupe-coupe tranchant avait déchiré toutes ses envies. Elle le questionne alors à son tour :

— Et toi ?

— Non, je n'ai personne mais j'ai une fille. Elle s'appelle Juline et elle a huit ans. Je l'ai une semaine sur deux, en garde alternée. La maman a refait sa vie avec un instituteur sympa, Raphael, mais pas moi. Ça viendra quand ça voudra.

Elisa baisse la tête comme si cet aveu la faisait souffrir. Puis elle le questionne à nouveau à propos du bateau, la coque, le nom des voiles. Tout ce qui pourrait les faire changer de sujet.

Arrivés à Nouméa, Marco propose un petit *kava*. Lucie se fait déposer pendant que les trois partent retrouver la bande de copains du *nakamal* et lèvent quelques *shells*.

Déjà habituée, intégrée au groupe, Elisa semble à sa place. Elle fait la connaissance de plusieurs filles dont une très particulière Nikita. Le visage marqué, plus âgée, des jupons superposés enveloppant ses frêles jambes. Nikita raconte son tour du monde en voilier, son escale de plusieurs années aux Marquises et cet arrêt définitif en Calédonie. Nikita passionne la jeune touriste et la laisse impressionnée par son caractère aventurier et sa famille heureuse, trois enfants et un mari aimant.

Pour finir, Laurène entraine Elisa chez elle où elles passent, encore une fois, une soirée pizza à parler de projets, d'amour et d'environnement. Dans la colocation de Laurène, une chambre s'est libérée, ils sont en pleine recherche d'un nouveau partenaire. Un garçon doit passer le lendemain, il a loué la chambre pour un mois seulement, juste pour dépanner. Il faut absolument qu'ils trouvent quelqu'un d'autre sinon le gros loyer allait être difficile à régler. Laurène avoue qu'à Nouméa, les charges sont élevées et le prix des loyers est exorbitant.

Elisa n'a jamais vu les colocataires de Laurène : deux garçons et une fille qui apparemment passent la plupart de leurs soirées dans un bar branché de la Baie des Citrons. Quand Laurène ramène Elisa, Lucie est déjà endormie, enfoncée dans le matelas triple épaisseur de l'hôtel majestueux, la tête tournée vers les plages d'Ipanéma.

Chapitre 25

Hier soir, Laurène a dit que c'était la dernière ligne droite. Dans une semaine déjà, elles partiront. Alors il faut en profiter et pour varier les clichés, elle a décidé de les amener faire un petit tour de la Grande Terre. Elle a évoqué encore cette histoire de poule, Poindimie et elle tient à montrer à Elisa la Baie des Tortues à Bourail.

Vers neuf heures, les trois filles se perdent déjà dans les paysages. Elles passent quelques villages, Laurène poursuit le chemin en ponctuant le trajet de :

« Ici, c'est chouette, on n'a pas le temps de s'arrêter, la plage est superbe ! »

« En prenant cette petite route, on arrive à Farino, un village niché au milieu des sommets et des vallées. La vue y est splendide et le parc des Grandes Fougères offre des ambiances féériques où les fougères arborescentes tutoient le ciel, s'envolent dans les airs.

« Par-là, tu peux profiter de belles balades à cheval sur les plages. »

Toutes les trente minutes environ, elles traversent une petite bourgade qui, la plupart du temps, abrite un ou deux magasins, une pharmacie, une petite école, une gendarmerie et LA station-service. Lieu hautement important dans la vie des Broussards, ces habitants du Caillou vivant en dehors de l'agglomération de Nouméa. Quelques personnes marchent sur les bas-côtés et de plus en plus de quatre-quatre sont croisés. Le paysage est sec, trop sec. L'herbe jaunie par le soleil accueille des vaches plus maigres.

La jeep ralentit, passe sur un petit pont, enclenche son clignotant sur la gauche. Une jolie rivière. Quelques kilomètres supplémentaires. Puis une plage. Une plage qui gronde. Des gros rouleaux se fracassent. Des jeunes surfeurs glissent, des gamins sautillent. Quelques pas plus loin, un bonhomme de roche surveille de tous côtés, façonné poétiquement par le temps et l'océan. Les trois filles empruntent un sentier escarpé. Parvenues au sommet en quelques minutes, elles ne perdent pas une seconde pour s'enfoncer dans une végétation plus dense. Là, perdues dans l'océan Pacifique, plusieurs tortues broutent l'herbier. Laurène est fière de présenter la Baie des Tortues. On les voit respirer puis redescendre manger. Quel spectacle fabuleux ! Des pins se dressent et piquent en flèche vers le ciel. Des familles mangent, assises sur des nattes dans un coin ombragé. Laurène attire Elisa vers des grands panneaux qui montrent le cycle de vie des tortues, leur reproduction… Elle entre alors dans de savantes explications…

Lucie souffle, bougonne, rouspète :

— Il est temps d'y aller !

Surprise, Laurène s'exécute et conduit les filles sur une belle plage de sable blanc plus propice aux clichés. L'eau se perd dans un dégradé de bleus, toujours plus singuliers. Non loin, la barrière de corail est malmenée par les vagues fracassées. Le bruit lourd s'empare petit à petit de l'atmosphère. S'ensuit une séance de shooting qui redonne toute sa gaieté à la jeune photographe. Elisa sourit sans y croire et se divertit en massant ses pieds dans les grains dispersés. Ses yeux s'agrippent au spectacle enchanteur. A perte de vue, la baie s'étire. Quelques couples, main dans la main, se baladent pendant que des gardes champêtres déambulent à dos de cheval. Laurène ramasse un petit coquillage bombé et le tend à Elisa :

— Tiens, garde-le. C'est un opercule de coquillage, il porte bonheur.

Elisa le serre et le range délicatement dans une poche de son sac à main. Ce petit objet revêt tout à coup plus de valeur que n'importe lequel des cadeaux.

Pour la soirée, un gite un peu en retrait a été réservé. Décoré de matières nobles et intelligemment accordées, le bungalow se distingue à peine au milieu des chemins vallonnés. Sur la terrasse, un jacuzzi privé à l'abri des regards indiscrets. Ne perdant pas son objectif en tête, Lucie insiste pour shooter encore un peu Elisa qui commence à saturer. Elle lui obéit encore quelques longues minutes. Elle n'en peut plus, se rebelle, refuse, arrête puis sert des verres de vin blanc glacé. Lucie se retire vexée. Laurène reste à ses côtés. Installées dans le jacuzzi, les deux nouvelles amies trinquent à l'amitié, à la vie, à la Calédonie.

Sur un ton de confidences, Laurène et Elisa égrènent en douceur le temps qui passe. Laurène raconte son amour du pays, des gens, des richesses culturelles et avoue que même s'il y a parfois des problèmes, un peu comme partout, les gens savent sourire malgré tout. Le seul souci palpable pour elle, qui lui fait peur, qui la freine, est l'alcool. A son sens, il détruit tout, dilue tout, les relations, les gens, les familles, la vie… Elle dit que dans tous les cas, le soir pendant les fêtes, elle préfère ne pas s'éterniser pour garder des bons souvenirs des soirées. Elle dit les femmes, qu'elle aime côtoyer, qui l'ont nourrie de tant de nouvelles contrées que son âme ne savait soupçonner. Et puis, elle dit la France, la

France de métropole, celle qu'elle n'a pas vue depuis cinq ou six ans. Elle dit ses parents qui lui manquent, ses neveux d'adoption ici, ses neveux de sang là-bas. Enfin, elle dit Thibault encore et encore. Curieuse, elle demande une nouvelle fois pour Marco. Elle n'est pas folle, elle sent bien l'attraction qui augmente à la moindre occasion, le lien qui se tisse doucement. Elisa préfère rétorquer que, bientôt, avec Pierre, elle va se marier, qu'il n'y a pas d'ambiguïtés…

Chapitre 26

Au petit matin, la jeep les attend déjà, délabrée mais blanche. Laurène l'a nettoyée, briquée, lessivée après la virée dans le sud. Il reste tout de même quelques traces orangées sur la moquette intérieure, faisant remonter les souvenirs d'une si belle journée. La route sillonne, grimpe, vire puis Laurène annonce fièrement, comme si elles étaient montées à pieds, « *Col des Roussettes* ». Sur la route, peu de gens, peu d'habitations. Juste un village croisé avant finalement de débarquer sur la Côte Est. Une plage de sable noire, incongrue, les accueille.

Elisa ne met pas ses claquettes. Non, elle veut sentir cette terre, elle veut enfoncer ses orteils profondément puis les rincer dans la mer. Ici, l'océan s'est calmé, paisible. Point de rouleaux qui cognent la barrière de corail en grondant. Point d'eau turquoise et cristalline. Non, ici l'onde si pure est criante d'une forte personnalité. Lucie trouve que les clichés seraient particuliers. Elle s'apprête à les convaincre d'un petit shooting quand un gros quatre-quatre freine puis se gare, hésite, fait demi-tour, repart, revient. A son bord, ils doivent être huit ou peut-être même dix.

Dans la benne, agrippés sur les barrières, des shorts claquettes tee-shirt publicitaire tiennent avec force et puissance des sabres petits ou grands. Il y a des filles, des garçons et même des enfants.

Lucie sursaute, se demande. Elisa se réfugie aux côtés de Laurène.

La bande finit par leur jeter quelques regards puis les salue sans parler, d'un mouvement de bascule de la tête. Certains lèvent légèrement un *coupe-coupe*. Au milieu, deux trois gamins sont eux aussi équipés de grands sabres qui les dépassent. Puis ils se tournent de l'autre côté, pénètrent sous les cocotiers, tranchent par paquets des grandes feuilles, amassent des cocos dans la benne. En quelques minutes, l'équipée disparait. Laurène brise le silence :

— Vous voyez les filles pas besoin de s'inquiéter, ils doivent préparer une fête ou un repas.

Finalement, elles prennent quelques photos mais Elisa porte toujours un paréo. Elle ne souhaite pas trop s'exhiber surtout que la route passe tout près et déjà plusieurs véhicules ont ralenti depuis leur arrivée.

Elles reprennent alors la route qui longe la mer. Les plages s'éclaircissent, la végétation se densifie. Elisa remarque que Laurène lève son index dès qu'elles croisent une voiture. Quand elles dépassent des gamins à pieds, les bras se lèvent, les mains se soulèvent, parfois de petits cris « *Hey* ». Elisa est surprise, ici, tout le monde se dit bonjour de multiples manières : de l'index, de la main, du bras entier, du sabre, de l'arcade sourcilière, du balancement de tête, de loin, de près.

Sur la gauche, des petites cases se dévoilent, nichées dans des jardins très bien entretenus d'où débordent des fleurs multicolores et des plantes fluorescentes. Puis un grand parking s'impose, un hall d'entrée décoré de peintures locales surprenantes :

— Bungalow quarante, front de mer.

Comme d'habitude depuis le début du voyage, Zalia lingerie n'a pas fait les choses à moitié. Les hébergements sont d'une grande classe. Elles se prélassent à la clim, se douchent sous des jets hydro-massant, savourent un thé sur la terrasse privée. Une balade, le long de la plage de sable blanc, annonce une baignade rafraichissante. Elisa est rayonnante comme jamais. En comparant bien les clichés, on pourrait croire que des années se sont déroulées entre les premiers et les derniers. Elle a rajeuni. Sa peau est dorée, halée d'un voile parfait, ses cheveux enduits d'huile de coco ondulent parfaitement et balancent de droite à gauche comme s'ils dansaient, ses yeux bleu azur sont devenus plus perçants et surtout son sourire… Eclatant…

Le soir, au bar de l'hôtel, un jeune homme chante en solo, accompagné par sa guitare sèche, des airs de variété française. Laurène semble connaître toute la Calédonie. Une des serveuses s'approche et luit dit :

— Hey Lolo ! Ça fait plaisir de te voir par ici ! Tu es en vacances ?

— Oui, pour quelques jours, je fais découvrir le coin à mes invitées. Elles repartent dans une semaine en métropole.

— Ah ! Demain, c'est mon jour de congé, tu veux monter faire un tour à la trib's ? On pourrait aller à la rivière… Les garçons vont certainement pêcher des crevettes ce soir dans le *creek*. Ça vous dit ?

Lucie souffle, Laurène ne va tout de même pas accepter… Ok, le boulot est presque bouclé mais elles peuvent faire encore mieux, varier les angles, jouer avec les paysages…

— Bonne idée Coco ! Je pense que ce sera une expérience intéressante et puis moi, ça me permettra de voir Lucien… Il est dans le coin ?

— Oui, il est remonté de Nouméa. Il s'occupe des champs, il ne s'arrête pas, il bosse dur !

— Dis Coco, est ce que les filles pourront faire des photos des cases, de la rivière, des enfants aussi ? Elles sont là pour une grande marque de vêtements.

— Ce n'est pas à moi de décider... Tu peux toujours demander lors de la Coutume à l'arrivée...Faut que j'aille bosser, le chef me regarde en coin... Dem', on s'retrouve à la guérite vers dix heures ?

— Seb ! Dem', conclue Lolo très fière de pouvoir faire découvrir la Calédonie qu'elle aime, cette tribu qui l'accueille chaque fois comme si elle faisait partie de la famille.

C'est une amie, en couple avec le chef de clan, qui l'a amenée là un jour. Depuis, dès qu'elle passe dans le coin, elle s'arrête un moment, parfois plusieurs jours. Elle coupe tout, son esprit surtout et même son téléphone. De toute façon, à la tribu le réseau est mauvais. Il faut monter en haut d'une colline pour capter. Là-bas, elle fait la vaisselle avec joie, avec une bassine par terre, elle qui d'habitude déteste ça. Elle épluche les légumes en bavardant avec les femmes, se baigne dans le *creek* avec les gosses, dort sur une natte dans la case avec Coco, se balade dans la vallée avec Lucien et chante à pleine voix avec tous les garçons de la tribu qui ont toujours une guitare à la main.

Demain, elle l'espère, Lucie succombera aux charmes du Caillou, un pas de plus. Pour Elisa, elle le sait, le processus s'est déjà enclenché. La Calédonie l'a adoptée et tous les chemins, toutes les voies sont dégagées.

Chapitre 27

Il est à peine dix heures quand Laurène range la jeep derrière la guérite peinturlurée et taguée. Des dessins fins et raffinés se dévoilent si on y regarde de plus près. Juste derrière, une petite route *coltarée* mais bourrée d'ornières grimpe vers les sommets. Quelques minutes plus tard, Coco apparaît, d'un pas nonchalant, enveloppée dans une robe mission aux tons incandescents.

— Bonjour les filles, vous allez bien ?

— Oui répond Laurène. Tu sais, l'hôtel est quand même confortable…Nous sommes bien loties !

— C'est bien, c'est ce qu'il faut. Bien dormir et bien manger. En plus, vous avez de la chance, il fait beau !

Elisa remarque qu'ici les premières conversations échangées évoquent souvent la météo. La nature est importante. Est-ce une marque de respect ? Coco s'installe dans la voiture qui s'enfonce sur le chemin un peu escarpé. Les paysages sont très vallonnés et il faut attendre d'atteindre un petit sommet pour que la vue se dégage vers de nouvelles contrées. Coco ne parle pas trop, elle se contente de répondre à ce qu'on lui demande mais, même la mine fermée, ses yeux sourient.

Une fois garée, un flot de bambins s'attroupe et s'accroche aux cuisses de Lolo. Ils ne disent rien mais rient à gorges déployées. Elisa remarque tout de suite que les petites filles portent des robes *mission* alors que les garçons sont tous en shorts et tee-shirts colorés. Elle voit aussi qu'ils sont pieds nus et que les claquettes sont toutes entassées au seuil d'une baraque en dur, aux murs gris, toutes fenêtres et portes ouvertes, desquelles pendent des tissus aux couleurs vives. De la petite porte, sortent de nombreuses femmes de plusieurs âges, des ados aux vieillardes. Les mamans semblent avoir les choses en main et dirigent sans effort les plus jeunes vers la bassine à vaisselle, la table qui sert de plan de travail ou le feu extérieur sur lequel une énorme marmite bouillonne. De part et d'autre, des bancs sont disposés puis plus loin des grands farés. En retrait, quelques manguiers abritent des grandes nattes étalées. Des guitares, portées comme des bébés, chantent tranquillement. Des morceaux de bambous frappés marquent un rythme régulier.

Un groupe d'hommes s'approche et quelques vieux s'avancent. Laurène retourne jusqu'à la jeep, ouvre le coffre, en sort un *manou* enroulé, y glisse un billet et un paquet de tabac brun à rouler. Tout le monde se place plus ou moins en rond, laissant au centre un espace vide. Laurène rejoint le groupe et les deux nouvelles venues se tiennent derrière elle. Elle attend quelques instants, cherche ses mots puis commence :

— Bonjour à tous. Je tiens d'abord à vous dire que vous m'avez manquée et que je suis très heureuse d'être à nouveau parmi vous en ce jour particulier. Particulier car cela fait cinq ans que j'ai posé mes pieds pour la première fois sur cette terre, la Nouvelle-Calédonie qui m'a si bien accueillie, qui m'a aidée à me trouver mais surtout qui m'a permis de partager à vos côtés des moments intenses et pourtant aujourd'hui si familiers. Particulier aussi car aujourd'hui, grâce à Coco, j'amène avec moi deux personnes venues ici à la fois pour travailler et pour découvrir et rencontrer. Voici Elisa et Lucie, je les connais peu mais je dois avouer avoir déjà tissé des liens de confiance. Elles ont appréhendé un peu votre culture puisqu'elles ont eu la chance la semaine dernière de participer à un mariage à Lifou. Je viens ici vous demander si elles peuvent, à mes côtés, rester quelques heures en votre compagnie, sur vos terres. J'en profite aussi pour vous demander une autorisation : peuvent-elles prendre quelques photos qui leur serviront dans leur travail ? Merci de votre accueil et voilà leur geste que je tiens en leurs noms.

Laurène pose à terre le *manou* enroulé sur le tabac et le billet. Toutes les têtes sont baissées. Elisa a déjà remarqué, à Lifou, que pendant les *Coutumes,* les yeux regardent en bas ou parfois à droite à gauche mais jamais en face. Puis un des hommes s'avance, se saisit du tissu, s'éclaircit la voix et palabre à son tour :

— Lolo, nous sommes très heureux de te revoir ici. Nous te remercions de nous amener ces deux jeunes femmes en qui tu as toute confiance. Nous disons merci pour le geste et nous vous accueillons sur nos terres, vous êtes ici chez vous. Pour les photos, vous demanderez avis à Colette avant de commencer. Normalement, Lolo, Coco, je sais qu'il n'y aura pas de soucis. Et que la journée soit belle pour tout le monde, profitons ensemble.

Toutes les personnes, Laurène y compris, prononcent en chœur un « *Olé* » long et sourd, résonnant en Elisa comme un tambour. L'émotion, une fois de plus la submerge. Puis, instantanément, l'assemblée se dissout, se détend. La vie s'agite, la vie reprend. Coco dirige ses invitées vers la table de préparation du repas puis elles sont tout de suite amenées à mettre la main à la pâte. Les corvées, ici, semblent permettre aux femmes de bavarder, de plaisanter et de se retrouver. Laurène appelle cela les « *loisirs ménagers* ». Elle explique que ce n'est pas pareil que chez elle. Ces moments habituellement lui pèsent, même si elle met la musique à fond… Mais ici ils l'allègent. Elle semble intégrée à la communauté, comme une fille de la famille qui reviendrait après une longue absence.

Les gamins eux, jouent ensemble, en riant. Pas de pleurs ou de cris. Les plus âgés surveillent les plus petits. Si d'aventure il faut crier, on siffle légèrement ou un léger « *shhh* » se fait entendre. Le gosse regarde alors l'interlocuteur qui lui articule un ordre sans qu'un mot ne sorte de sa bouche. Parler sans émettre un son ; l'atmosphère agréable n'est alors pas dérangée. Elisa est chargée de laver les « *feuilles* » ou choux kanak qui seront ensuite cuits dans un peu de matière grasse. Lucie, elle, épluche des tubercules. Laurène détaille alors les ingrédients utilisés : des taros du champ, des patates douces, des oignons verts, du riz, des crevettes de *creek* pêchées à la sagaie la nuit passée. Ici, pas un repas sans riz, impossible, même avec d'autres féculents. Le riz est omniprésent sur toutes les tablées. D'ailleurs, la plupart des locaux sont équipés de marmites à riz automatiques, indispensables.

Après le repas, les filles suivent le rythme imposé, se reposent sur les nattes sous les manguiers. Les garçons prennent les guitares, entonnent des vieilles chansons françaises. Beaucoup de titres de Francis Cabrel qui rappellent à Elisa sa maman Milana. Laurène chante avec joie. Elisa n'ose pas puis se laisse emporter par l'harmonie ambiante, libérée. Ici, elle n'a presque plus honte, elle n'a plus peur de ce que les autres pensent.

Lucie insiste pour les photos mais Elisa n'a pas envie, elle est bien ici. Laurène lui sourit, complice de ce refus. La journée passe, des instants calmes mais gais, sans grandes explosions, juste le temps qui s'accorde avec les actions. Ce temps qui n'a plus besoin d'une montre… De toute façon, elle ne la porte plus depuis que Marco la lui a retirée. Coco les amène en contrebas. Une rivière tranquille, une eau douce qui s'écoule, un bassin qui se dessine, d'une bonne profondeur. Vêtus de la tête aux mollets, les filles et les enfants se baignent, sautent ou s'éclaboussent. Elisa refuse fermement les photos déshabillées, elle trouve ça indécent… Puis les femmes sortent un filet, le tiennent, le placent puis après un petit moment, le referment calmement. Plusieurs poissons sont attrapés. Le repas du soir est alors tout trouvé.

Le soleil n'est pas couché, Lolo finit par céder à Lucie qui n'a qu'une seule envie : partir. Les filles prennent alors congé pour photographier la plage de l'hôtel, au moment où le ciel prendra des reflets orangés.

Chapitre 28

Elisa, ce matin, se verse un deuxième verre d'oranges pressées, attablée sur la terrasse du restaurant, les yeux plongés dans l'océan. Chez elle, jamais elle n'achèterait des fruits si verts et si laids. La journée de la veille emporte son esprit. La petite guérite, la route bourrée d'ornières, les rires des enfants, la familiarité des femmes, les paroles poignantes des vieux…

Laurène interrompt ce rêve éveillé :

— Allons acheter de quoi manger pour midi, nous serons débarrassées.

Les deux femmes marchent un petit quart d'heure, d'un pas rapide, avant de pénétrer dans un magasin à l'extérieur délabré. Elisa est surprise par la multitude des produits emmêlés dans un désordre organisé. Les vêtements, les ventilateurs, les articles de papeterie se perdent parmi les fruits, les légumes, les piles et diverses boites de conserve. Les allées entre les rayons sont serrées. Les clients se frôlent, se saluent ou entament spontanément la conversation, qu'ils se connaissent ou non.

— Prenons des barquettes, ce sera plus pratique ! indique Laurène d'un ton décidé en s'orientant dans les rayons instinctivement.

Salades de choux, de carottes, de papayes vertes embrassent les plats aux crevettes ou au poulet cuisinés avec différents parfums ici très prisés : curry, soyo, coco… Le choix est finalement arrêté et le chemin du retour vite emprunté. Les deux femmes discutent et plaisantent avec une étonnante complicité.

Lucie, sur la terrasse du bungalow, est effondrée. Recourbée sur elle-même, elle laisse s'écouler larmes et sueurs, difficiles à différencier.

Laurène s'inquiète. Une mauvaise nouvelle peut-être ? Un malheur inattendu ?

Dans un sanglot bruyant, la photographe avoue que Rodrigo lui manque trop, qu'il hante ses pensées, que cette nuit elle en a rêvé.

Elisa sait que Lucie est un vrai cœur d'artichaut et tombe amoureuse au moins deux ou trois fois par année. Parfois, pendant des heures, la conversation tourne autour de ses malheurs sentimentaux, de ses aventures lointaines aux senteurs de regrets. Son amie a l'air forte mais en fait est si fragile. Une peur de l'abandon tenace héritée du divorce de ses parents. Un jour, sans un mot, son père est parti. Elle ne l'a pas revu pendant des années. Trop occupé avec sa nouvelle maîtresse, le papa inconstant l'a complètement délaissée. Alors, Lucie évite de s'attacher, choisi avec soin des amoureux trop éloignés. Elisa lui a déjà conseillé de consulter pour en finir avec cette problématique qui l'empêche d'avancer. Mais non, elle esquive le sujet et craque de temps en temps. Elisa sait comment la calmer, comment la soulager.

Afin de lui changer les idées et parce que la journée est déjà bien entamée, les filles se mettent en route à l'assaut du programme chargé. Chaque fois qu'une tribu est traversée, les habitants sont salués. Les jardins luxuriants sourient à l'embardée. Une forte odeur de feu se dégage à chaque instant, enivrant. Elles roulent longtemps, découvrent des falaises sculptées par le temps en forme de poule couveuse ou de sphinx, des bleus encore plus poignants, des stands sauvages faisant office de magasins que personne ne tient mais où une boite en fer a été déposée afin de payer, une route coupée et remplacée par un bac motorisé, une cascade vrombissant des sommets… Les yeux éclaboussés par les paysages, les pensées de Lucie s'envolent peu à peu plus loin que Rodrigo.

Les clichés sont multipliés à la sauvage dévoilant une Elisa dotée d'un charme nouveau, d'un naturel détaché, d'un caractère puissant et affirmé. Elle crèverait l'écran si elle devait passer à la télévision. Envoutées par les couleurs et les odeurs, les trois femmes savourent à l'unisson le *Caillou* qui se laisse doucement apprivoiser.

En soirée, depuis l'hôtel luxueux, une visioconférence est organisée. Le staff de Zalia lingerie étudie chaque photographie. Mme Percy semble satisfaite et en profite pour féliciter Lucie. Elle lui assure un avenir certain dans la mode. Lucie affiche enfin un large sourire. Mme Percy avoue que le contrat est rempli et qu'elles peuvent prendre quelques jours de repos bien mérités avant de rentrer. Le soir, c'est une Lucie sereine qui fête la bonne nouvelle avec Laurène.

Elisa, elle, s'isole, prenant soudainement conscience de la gravité des faits, de ces photos bientôt placardées partout… Elle aurait préféré que les clichés soient mauvais, au moins, Mme Percy aurait davantage mis en avant ceux des filles du Sri Lanka ou du Brésil…

Le dernier jour passe à Poindimié, le relâchement est total. Lucie va mieux, rassurée par un avenir professionnel qui s'ouvre et un échange sur *skype* avec son Rodrigo qu'elle ne parvient décidément pas à oublier. La balade sur l'ilot d'en face, bordé de sable blanc et ombragé par quelques cocotiers, laisse Elisa radieuse et décontractée. Une sensation de liberté, des instants de bonheur et de plate simplicité.

Pour couper les longues heures de route du retour à Nouméa, Laurène organise un arrêt à la rivière qui traverse la chaîne montagneuse, reliant Tiwaka à Koné. Après avoir descendu de petites marches, un spectacle lunaire s'offre à elles. Des gros rochers entassés, poncés par l'eau et les années protègent l'eau tranquille. Laurène monte sur un promontoire naturel et effectue un beau plongeon. Elisa se lance à son tour, étonnée par ses propres capacités et cette audace nouvelle. Lucie prend encore quelques clichés, elle ne peut pas passer à côté.

Une fois la chaîne traversée, sur la côte ouest, la végétation luxuriante a disparu. Restent des grandes étendues sèches sur lesquelles broute le bétail dans une nonchalance obligée par le soleil. Elisa gobe les paysages, choquée par cette île si variée qu'elle imaginait au départ semblable à une carte postale unique : du sable blanc, des cocotiers et une eau turquoise. Mais non, cette terre a du caractère et dévoile à qui s'en donne la peine ses multiples facettes. Il faut creuser pour savoir ce qui se cache derrière chaque sommet. Vivante et vibrante, la Calédonie lui transmet une énergie spéciale qui révèle Elisa sans fard.

Chapitre 29

Tripotant nerveusement son bracelet orange, des pensées de mariage parfait et de bonheur organisé traversent Elisa. Après avoir déposée Lucie à l'hôtel de Nouméa pour qu'elle puisse parler avec Rodrigo par écrans interposés, Laurène et Elisa se rendent à leur rendez-vous désormais habituel avec les copains. Elisa lève toujours des *cinquante*, l'effet du *kava* ne l'intéresse pas tant que ça. Non ce qui lui plait, c'est l'ambiance, les amis et puis Marco, si beau…

Ce soir, le skipper semble agité. Il tourne autour des filles dans un ballet mal chorégraphié. Puis il demande à Laurène :

— Vous avez quelque chose de prévu ce week-end ?

— Non, répond Lolo. Le job est terminé, la mission est remplie. Elisa peut se reposer. Je pensais peut-être les amener visiter le centre culturel avant de partir, c'est indispensable. Et puis faire un tour au marché pour qu'elles puissent ramener quelques souvenirs.

— Je peux inviter Elisa ?

— Ce n'est pas à moi qu'il faut le demander Marco…

Celui-ci se tourne vers la brune qui l'impressionne par tant de beauté. Il s'approche, la fixe, hésite, ne sait pas comment lui demander. Va-t-elle accepter ? Refuser ? Il n'ose pas, il est gêné mais il doit se lancer. De toute façon, les billets sont déjà achetés…

Laurène passe une main dans son dos et lui dit :

— Allez !

Elisa, interloquée, ne comprend pas. Les deux font des manières, cela ne leur ressemble pas…

Puis, courageusement, il lui tend une enveloppe aux couleurs de la compagnie aérienne locale.

Tout de suite, elle reconnait le graphisme de l'étui. Fébrile, elle soulève la protection puis lit les inscriptions :

« Nouméa-Ouvéa- Départ samedi dix heures- Retour dimanche 16 heures »

Elisa ne sait pas, recule, baisse la tête, regarde Lolo puis affronte la menthe à l'eau, se noie, ne répond pas. Elle avec lui, seuls, deux jours et une nuit… Laurène, soutenant son ami, lui lance :

— Ouvéa, Elisa, tu ne peux pas rater ça. Ça ne se refuse pas. En plus Marco a vécu là-bas plusieurs mois, il sera un guide parfait.

Puis Lolo se tourne vers Marco :

— Et pour l'hébergement, tu as prévu quoi ?

— Nous dormirons chez Paul et Line à Fayawé. Il y a une place dans la case pour Elisa avec Inès et moi je me débrouillerai…

— Elisa, tu vois, rassure Laurène, tu ne risques rien. Tu seras dans une famille très gentille. Ce ne sera pas un tête à tête. Tu dormiras avec Inès, la dernière de la famille.

Elisa recule un peu plus, rend les billets, puis questionne, en habituée :

— *On va lever* ?

Les trois trentenaires accompagnés de Nikita et de Jo se dirigent vers le petit bar. Les *shells* sont déposés sur le plateau prévu à cet effet. Puis d'un coup sec, le mélange terreux est avalé et le *manuia* exprimé à l'unisson sort de la bouche d'Elisa comme s'il avait toujours existé. Une fois assise, Elisa se perd dans ses pensées. Paniquée. Elle ne sait plus ce qu'elle doit faire. Elle sent un Marco envouté, elle aimerait y aller… Si seulement Lolo pouvait les accompagner, elle serait moins gênée… Mais non, il n'a acheté que deux billets…

Marco attend la sentence, se tait, sent son cœur cogner, puis se détourne et entame la discussion avec ses amis marins de la table d'à côté, embarrassé.

Le départ est prévu le lendemain, mais cet homme est complètement fou. Comment avait-il pu acheter des billets sans même la consulter ? Elle quitte le territoire lundi… Elle ne va tout de même pas passer ses derniers instants avec un homme qu'elle connait si peu, à sa merci… Elisa attire Laurène près d'elle et la supplie de partir, elle se sent si mal, la tension est insupportable.

— Laurène, on peut passer une petite soirée tranquille chez toi ?

— C'est possible mais tu es sure ? Tu ne veux rien dire à Marco, tu le laisses comme ça ?

— Oui, je préfère partir.

— A la maison j'ai du thon frais, on peut se faire un petit sashimi si ça te dit ?

— Le poisson cru… Bon, allons-y !

Une *number one* décapsulée, Laurène tente de convaincre une nouvelle fois Elisa :

— Tu sais, ce n'est pas trop tard, j'ai le numéro de Marco. Tu peux encore accepter et si tu refuses, ne t'en veux pas trop. Il pourra toujours se faire rembourser les billets. Mais je dois te le dire quand même : c'est une occasion à ne pas louper…

Laurène évoque Paul et Line. Elle décrit la petite case nichée tout près de l'océan, du lagon merveilleux, des gens d'Ouvéa au caractère si marqué… Elle parle de Marco, un gars bien, qui ne la forcerait à rien. Elisa écoute, réfléchit, parle de Pierre et puis se décide :

— Merde alors, après tout, on n'a qu'une vie ! J'ai envie d'y aller ! Appelle Marco ! Pour une fois dans ma vie, je ferai ce que je veux !

Elisa lève dans le même temps son verre de bière dans une euphorie inattendue qui fait rire bruyamment Lolo.

Sans perdre une seconde, Laurène saisit son téléphone, compose le numéro de Marco et lui dit de passer chercher Elisa chez elle, le lendemain vers huit heures. Pour ne pas que la brune change d'avis, Laurène s'occupe de tout. Elle commence par la conduire à l'hôtel, l'aide à préparer ses affaires, la ramène chez elle, lui sert une assiette de sashimi bien frais, et la laisse partir se coucher dans son lit après avoir discuté une bonne partie de la nuit. Endormies côte à côte sur le matelas posé par terre, elles entendent à peine les colocataires rentrer d'une soirée trop arrosée, cassant un verre et cognant les portes.

Au petit matin, Elisa est un peu stressée, mais au fond d'elle-même très excitée. Par précaution, elle prend un quart de tranquillisant, pour ne pas risquer une crise de panique dans le petit ATR …

Chapitre 30

A huit heures trente, il est là. Laurène lui sert un café serré Elisa, un petit sac sur le dos et une besace en bandoulière, se dévoile timidement sur la petite terrasse ombragée. Elle préfère ne pas le regarder dans les yeux. Trop dangereux. Elle se contente d'embrasser avec beaucoup de retenue les deux joues hâlées.

En quelques minutes, les deux jeunes gens sont à bord d'un véhicule utilitaire démodé et usé. Marco roule doucement, pour ne pas la brusquer, pour ne pas la déranger. Il sait qu'elle a hésité et que c'est son cœur qui a décidé et pas sa raison malmenée. Il connaît sa situation de femme engagée dans d'autres bras mais il ne peut pas la laisser partir comme ça, sans lui avoir donné de lui, de sa vision du pays. Les émotions s'imposent rarement par hasard. Même s'il ne connaîtra sûrement jamais ce corps qui l'attire tant, au moins il aura partagé un peu de temps.

Dans la salle d'embarquement, Elisa se perd au milieu des robes *popinées* colorées, des gamins qui jouent, des shorts claquettes qui la toisent et lui, qui est là, tout simplement. Comme une évidence. Il veille sur elle, comme un petit trésor dont il a la responsabilité. Il lui tend son billet et tente de la rassurer en lui décrivant le lieu où ils seront hébergés. Il évoque avec émotion Paul et Line chez qui il a vécu plusieurs mois, il y a déjà longtemps. Il lui parle ensuite de leurs enfants, la plupart déjà grands. Une de leur fille est même à Paris où elle fait de grandes études.

Il ne reste que la dernière à la maison, Inès. Elle est au collège, treize ou quatorze ans.

L'avion décolle, l'avion vole. Les mains s'effleurent, les jambes s'attirent comme des aimants encouragés par la proximité des sièges du petit avion. Gentiment, il lui a laissé le hublot et lui indique maintenant les Pléiades du Sud, ces îlots qui se conjuguent au présent, qui éclatent de leur sable blanc. L'appareil se pose, sans à-coups. Une fois descendus sur le tarmac brulant, les deux jeunes gens se calent dans le flot lent des passagers se dirigeant vers le hall de l'aérodrome d'Ouvéa.

Marco commence à s'inquiéter, il ne sait pas s'il a bien fait de l'amener. C'est sûr, elle l'a sagement écouté mais elle n'a quasiment pas parlé. Surtout que là, Paul et Line ne semblent pas être encore présents. Que va-t-elle penser ? A peine sortis du petit bâtiment, ils sont plongés en pleine nature. Assis sur un petit muret, ils profitent d'une ombre agréable et d'une brise un peu plus soutenue. Marco, gêné par ce silence omniprésent, reprend les choses en main et d'une voix tremblante lance :

— Ça va Elisa ?

— Oui, mais tu es sûr que tes amis vont venir nous chercher ?

— Bien sûr, ne t'inquiète pas. Les horaires sont juste parfois durs à respecter dans le coin.

Un quatre-quatre vert délavé finit par s'arrêter juste devant eux. Les portes s'ouvrent et un couple d'une bonne cinquantaine d'années enlace un Marco émotionné. Cela fait un an qu'il n'est pas venu les visiter. Elisa a l'impression que Marco embrasse ses parents, ils semblent si familiers.

— Elisa, je te présente Line. Line, je te présente Elisa.

— Elisa je te présente Paul. Paul je te présente Elisa.

Paul embrasse Elisa tandis que Line la serre fortement. Rapidement, les deux visiteurs s'installent dans la benne à l'arrière, cramponnant les bagages et les barrières de sécurité. Les cheveux aux vents, en équilibre précaire, Elisa ne se reconnait plus du tout, ne sait plus qui elle est, ni où elle est. Comment a-t-elle fait pour se retrouver là ? Face à elle, Marco sourit béatement. Il semble happé par l'horizon. Elisa le fixe, essaie, ose, n'y résiste pas, se noie délicieusement, apprivoise peu à peu ces nouvelles sensations. Même les paysages radieux des environs, l'océan intense, les kilomètres de plage de sable fin, si fin, ne peuvent pas rivaliser avec la vision de Marco… Il éclabousse tout, violemment, innocemment.

Le quatre-quatre ralentit, vire à gauche. Une petite maison en dur avec une grande table commune à l'extérieur, un coin barbecue, un grand bloc de béton gris, des vêtements qui sèchent, un évier dehors un peu rempli. Line assure la visite et tient tout d'abord à lui faire comprendre la situation de l'île en ce qui concerne l'eau. :

— C'est notre cuve. Ici, nous n'avons pas l'eau courante. Nous récoltons l'eau de pluie et nous sommes ravitaillés par la mairie aussi. Viens, je vais te montrer où tu vas dormir, ajoute Line en la dirigeant au fond du jardin.

— Tu dormiras avec Inès, ma dernière. Dans la petite case, là, tu verras, tu seras bien.

Elisa baisse la tête, dépose ses affaires sur les nattes recouvrant le sol. Au centre, un coin feu est aménagé. Line lui montre ensuite un matelas sur la gauche.

— Tu prendras celui-ci, l'autre est à Inès. Tu veux te doucher ?

— Non ça ira, merci.

Line poursuit la visite, lui présente une Inès affairée à la préparation du poisson grillé.

— C'est un dawa, tout frais pêché d'hier, informe avec fierté la jeune fille. J'ai fait une mayonnaise pour l'accompagner.

La table est déjà mise et tout est prévu pour honorer les invités. Marco, comme Laurène à Poindimié, sort un bout de *manou* et fait la Coutume pour Elisa. Celle-ci est maintenant habituée et baisse les yeux en signe de respect avant d'énoncer, avec tout le monde, le *Olé* sourd et puissant de la fin.

Paul et Line trouvent que le séjour est trop court. Marco se justifie en expliquant qu'Elisa part lundi pour la métropole, qu'elle termine un séjour de trois semaines. Puis une question d'Inès surprend la jolie brune :

— Alors, que penses-tu de la Calédonie ?

Elisa cherche ses mots, elle n'avait pas songé à faire un bilan si tôt. Elle apprivoise le temps pour répondre. Ici, ses hôtes ne seront pas choqués d'attendre quelques secondes avant sa réponse :

— La Calédonie, elle m'est tombée dessus comme ça. Il y a un mois, je n'en avais quasiment jamais entendu parler sauf à la météo ou au sujet des évènements des années quatre-vingt.

Un regard sombre traverse Paul à l'évocation de ces affreuses années que son île a traversées. Puis Elisa poursuit, naïvement :

— Je sais que ce n'est pas en trois semaines que je peux connaître la Calédonie mais je pense qu'elle m'a touchée, transpercée même. J'ai découvert des gens, des paysages, une culture ancestrale, un respect et une solidarité malgré les problèmes qui, je le sais, sont bien présents. Je regrette que mon séjour se termine déjà mais je dois reprendre ma vie là-bas, avec, dans mon cœur, une petite place pour votre pays.

Marco ne s'attendait pas à de tels mots. Il pressentait qu'Elisa avait été emportée par le *C*aillou mais il ne pensait pas qu'elle pourrait formuler tout cela, déjà, comme ça.

— Tu sais, reprend Paul, la vie n'est pas toujours rose ici. Bien sûr tu as parlé des évènements qui remontent à loin, mais pas tant que ça, si on regarde l'échelle du temps... Vingt-cinq ans, c'est peu en fin de compte. Et puis, il y a la vie chère, très chère, trop chère. C'est difficile pour les habitants, encore pire pour ceux qui ne vivent plus en tribu. Les jeunes sont tiraillés entre deux façons de vivre, attirés par les lumières de la ville et souhaitent tout de même, pour certains, garder leur culture. Nous, les vieux, nous sentons un peu dépassés. Nos filles ont fait de grandes études et nous en sommes fiers mais nous savons aussi que cela va les éloigner encore un peu plus de nous, de leur île, qu'elles ne connaitront jamais totalement leur culture.

— Allez, interrompt Line embarrassée, montrons à Elisa le pont et allons vers le sud. Ils repartent demain. Il n'y a pas de temps à perdre.

La vaisselle est vite faite et toute la petite famille prend la route, les cheveux fouettés par les alizés. Inès est avec les touristes, dans la benne, à l'arrière. Une fois le village de Fayawé dépassé, avec sa petite école à la cour recouverte de sable doré, la route longe paisiblement des plages qui s'étendent à perte de vue. La mer a revêtu ses plus beaux atours. Inès montre de son index, au loin, le pont qui commence à se deviner :

— Le pont de Mouli, annonce-t-elle, le menton bien haut.

C'est à pied qu'ils se dirigent au milieu de l'infrastructure. Inès montre la voie, se penche sur les rambardes de sécurité. Des garçons pêchent à la ligne. Inès indique qu'il faut regarder en bas et ne pas laisser ses yeux se faire envahir par l'horizon éblouissant. Elisa baisse sa tête, une raie Manta, puis deux, trois, un banc entier. On peut voir leurs grandes ailes se déployer dans cette eau transparente. Quelques barracudas semblent un peu à la traine. Inès explique :

— Ici on voit souvent les raies.

Elisa est fascinée. Marco discute en retrait avec Paul, apparemment ils ont beaucoup de choses à se raconter.

Une fois le pont dépassé, le quatre-quatre se gare à nouveau sur la gauche. Des falaises immenses déchirent le ciel et la mer. Paul fait alors grimper le petit groupe à bord d'une barque puis sort un immense bout de bois. Il ne rame pas, il pousse le fond et l'embarcation avance tranquillement. Elisa n'a jamais vu ça, elle n'en revient pas.

— Voilà l'îlot Fayava, annonce Paul. Il fallait que j'amène Marco voir la vieille Pénélope. Ils doivent parler.

— Ce sera l'occasion de faire une balade et d'aller se baigner, s'exclament Inès et Line, prenant à cœur leur rôle de guides d'un jour.

A côté de la mise à l'eau du petit îlot, un bon nombre de gamins pataugent, s'éclaboussent en riant à tue-tête. Inès les salue, a envie d'aller s'amuser avec eux mais aujourd'hui, elle a des responsabilités.

Sous des grands arbres, Paul s'arrête vers une vieille femme assise sur une natte, les jambes tendues et le dos un peu vouté, en train de tresser des petits paniers. Marco se baisse, l'embrasse fort, quelques petites larmes mouillent ses grands yeux verts.

Inès et Line attirent Elisa à la conquête de l'îlot. Un trou d'eau, une chapelle, un parc à cochons, la construction d'une case. Après cette visite express, elle est invitée à s'assoir à son tour sur les nattes, aux côtés de Marco et de la vielle Pénélope qui continue à tresser avec une grande dextérité les feuilles de cocotiers. On lui sert un *café passé* et quelques biscuits secs.

Marco la dévisage, puis lui passe une main dans son dos. Un choc électrique la tétanise sur le champ. Son cœur se soulève. Respirer. Regarder les doigts de Pénélope glisser entre les feuilles et les entrelacer. Se concentrer.

Les garçons de la maison d'à côté remettent à Paul une glacière contenant poissons et langoustes. Lui, en échange, donne riz, café, légumes et sucre en poudre. Une fois le troc effectué, la famille recomposée s'éloigne à bord de la petite embarcation qui avance à grands coups de bâtons poussés.

Le spectacle est loin d'être fini et l'île offre à présent tout son caractère insensé : les falaises de Lekine s'imposent, cette formation géologique des plus extraordinaires, à ciel ouvert. La petite plage bordée de cocotiers offre un cadre idyllique dont Marco se saisit pour se rapprocher une nouvelle fois d'une Elisa troublée. Il approche sa main, effleure ses doigts, se retient, puis revient, recommence et ose enfin. Elle ne refuse pas le contact. Peu à peu, les mains se côtoient, s'apprivoisent. Il resserre un peu sa paume sur la sienne et ils marchent ainsi entremêlés.

Complètement enivrée, Elisa ne peut plus rien faire, elle se sent à sa merci. Elle fond, c'est trop tard, fini, elle ne luttera plus. Leurs regards se croisent, ils aimeraient…

Inès vient rompre ce moment romantique en frappant sur le dos de Marco :

— On y va. On part tout au sud pour la lumière de la fin de journée.

Les mains ne se lâchent plus même quand les ornières sur la petite route les malmènent. Tout au bout du chemin, à l'infini, les roches noires escarpées forment des sièges sauvages à l'abri des regards. Des crabes se baladent. La main de Marco n'a pas lâché. Elles glissent désormais l'une sur l'autre, libérées. Le beau skipper fait grimper Elisa sur des petits rochers un peu cachés, battus par les marées. Puis cette fois, c'est elle qui sort de sa réserve. Il ne s'y attend pas, absolument pas.

Elle s'approche, ne tient plus, tend ses lèvres vers lui, les mouille puis balance toute son énergie, toutes ses émotions enfouies, l'embrasse passionnément. Sa peau s'électrise davantage, ses jambes flageolent. Elle ouvre les yeux, se plonge, s'immerge en lui. Sa chevelure brune s'emmêle avec le blond des blés. L'océan derrière eux seul témoin des émotions intenses.

Marco a le cœur qui bat la chamade. Elle qui ne voulait pas, qui hésitait, qui se refusait, d'un coup s'est laissé aller et l'a embrassé. Il caresse ses longs cheveux et la serre contre lui, doucement. Et si c'était elle, cette femme qu'il n'osait plus espérer ? Lui qui n'a jamais cru au coup de foudre et à l'amour. Il approche une nouvelle fois ses lèvres et l'embrasse encore. Il ne voudrait plus la lâcher, pas même un instant, ce serait trop long.

Inès commence à se faire entendre :

— Marco ! Elisa ! On démaaaaare !

Marco tire Elisa du bout des doigts et la dirige vers le quatre-quatre.

Fébrile, elle tremble un peu. Que vient-elle de faire ?

Chapitre 31

Elisa fixe le plafond de la case. A ses côtés, Inès dort déjà à points fermés. Elle tripote nerveusement son bracelet orange, pense à Pierre, à toutes ces années passées avec lui, au mariage qui l'attend. Elle le sait, elle a vraiment laissé Marco aller trop loin. Elle se rassure, se dit que ce n'est pas grand-chose, des mains serrées, quelques caresses et deux ou trois baisers. Mais dès demain, elle mettrait les choses au clair. Elle ne peut pas se laisser détourner de son avenir tout tracé. Elle lui dirait, calmement et sans hésiter, que tout cela ne les mènera à rien. Elisa est décidée, elle lui parlera dans l'avion. Demain, elle ne prendra pas son quart de tranquillisant, elle aura les idées claires pour discuter avec Marco, pour mettre fin à cette histoire qui n'a de toute façon pas commencé.

Sur la table du petit déjeuner, une toile cirée, le café soluble, le sucre, le pain marmite, le beurre, la confiture de jamelon. La table sent bon la famille unie. Un peu plus loin, elle observe Marco torse nu en short, remplir deux sceaux d'eau au robinet de la cuve. Dans sa main, une savonnette et une serviette. Il passe derrière un grand *manou* jaune avec des grosses fleurs aux pétales bleus. Elle regarde ses pieds par à coup se mouiller. Line s'assoit auprès d'elle et lui dit :

— Elisa, je suis ravie d'avoir fait ta connaissance. As-tu le nécessaire pour *baigner* ?

— Oui, un maillot de bain et un paréo.

— Non, je voulais dire pour la douche ? Un savon, une serviette ?

— Oui Line merci, excuse-moi, j'ai mal compris ta question. J'ai tout ce qu'il faut, répond Elisa gênée.

Une fois Marco tout propre, Elisa est conduite par Line vers le bac à douche, une simple dalle en béton et un miroir posé par terre. Elle lui tend les seaux, un petit bol est ajouté pour pouvoir prendre l'eau par petites quantités. La douche pour Elisa ce matin est un peu compliquée mais prend pourtant des accents de liberté. Elle regarde autour d'elle, le seau, ses pieds nus sur le béton gris… et si c'était justement ça le bonheur ?

Une fois vêtue d'une robe longue légère et de ses claquettes bleues et vertes, Elisa grimpe dans la benne. Un petit arrêt à la station toujours ouverte. Le centre névralgique de l'île. On y trouve tout ce dont les gens ont besoin : des filets de pêche aux glaces bon marché, des cigarettes aux paquets de café. A Ouvéa, il y a peu de magasins, les gens attendent avec impatience le jour du bateau où ils réceptionnent le *fret* expédié par les familles exilées à Nouméa.

La journée s'étire comme la plage. Des kilomètres de sable, quelques cocotiers qui cachent des groupes de gens allongés. Dans l'eau, Inès se baigne toute habillée, pendant des heures. Elisa, enroulée dans son paréo, barbote en sa compagnie et écoute la jeune fille raconter avec passion sa vie d'adolescente de treize ou quatorze ans : ses copines, son collège, son prochain départ pour le lycée à Nouméa, sa peur de quitter le foyer familial, sa tribu, son admiration pour ses sœurs étudiant en métropole, son envie de réussir, son refus des garçons, sa passion pour le volley…

Ce jour-là, pas un seul échange avec Marco. Elle avec les femmes, lui avec Paul. Les deux hommes arpentent le rivage un filet de pêche sur l'épaule, appelé épervier. Ils marchent à pas de loup, s'arrêtent, puis d'un geste maitrisé lancent l'épervier et ramassent triomphants de la petite friture. Elisa trouve cette vision poétique, presque romantique.

Quand le quatre-quatre s'enfonce sur la petite route de l'aérodrome, Elisa a la gorge nouée. Elle savoure ces derniers instants de simplicité, de tranquillité, de sérénité. Les embrassades sont émouvantes mais pas déchirantes. Les trois îliens concluent d'un « *Demain* » et « *Embrasse bien ta fille* » en direction de Marco.

Dans la salle d'embarquement, les mains d'Elisa deviennent moites, ses jambes flageolent encore, des gouttes se mettent même à perler de son front large. Elisa respire profondément, trois fois comme toujours. Elle sort son petit carnet de mots fléchés. Elle va y arriver, elle va éviter la crise d'angoisse et parler à Marco. Toute la journée, elle l'a évité. A deux ou trois reprises, il a tenté de lui attraper la main mais elle a réussi à esquiver sans le blesser.

La jeune hôtesse ne tarde pas à ouvrir la porte donnant sur le tarmac. Une marche puis l'autre, elle se fait avaler par le ventre de l'avion. Elle suit Marco qui la dirige au fond, à droite, côté hublot. Le moteur se réveille, envahit les oreilles et pousse le petit ATR qui s'envole dans les airs. Marco pose sa main sur la fine cuisse et se penche pour profiter avec elle des paysages paradisiaques. Tendue, effrayée, Elisa ne réagit pas. Elle repousse alors ce corps envahissant et annonce d'une voix ferme et lointaine :

— Marco, j'ai passé de merveilleux moments à tes côtés. Je te remercie sincèrement. Mais tu sais, notre histoire ne mènera à rien. Je suis déjà engagée et j'habite trop loin. C'est peut-être mieux d'oublier ce qui s'est passé.

Elisa ne regarde pas le skipper dans les yeux. Elle fixe l'horizon. Elle sent son cœur se déchirer. Résignée, elle sait que c'est la seule solution.

Lui se tait, il est poignardé, assassiné. Pas un mot pour la convaincre de son erreur. Tout est terminé.

Une petite heure de silence morne plus tard, il la dépose à l'hôtel, l'embrasse sur les joues, lui sourit et lance un « *Bon retour* » désespéré.

Sur le lit, un tas difforme de magnets, de stylos, de tissus, de tee-shirts, de porte-clés accueille la jolie brune. De la terrasse, elle aperçoit Lucie qui tente de capturer une dernière fois le rayon vert. Elisa s'assoit sur le transat, plonge ses yeux plus loin, se concentre sur Milana, sur Pierre, sur Gobel technologies. Retrouver sa vie, ses petites foulées dans le parcours santé, ses blogs mode et beauté. Pendant toutes ses journées, elle a menti à Pierre, elle a dit qu'elle était chez une bande d'amis de Lucie sur la côte Atlantique.

Lui n'a pas fait son stage de voile cette année, est resté dans l'appartement concentré sur sa promotion. Il a dit dans un mail qu'une bonne nouvelle l'attendait…

Sa vie va reprendre normalement, ses projets tant mérités vont aboutir, tout va s'accélérer, elle en est persuadée.

Chapitre 32

« PNC *préparez-vous à l'atterrissage* »

Ceintures bouclées, les corps de Lucie et d'Elisa se penchent à droite à gauche. Les vingt-sept heures de vol les ont sonnées. Elles distinguent la voix grave du pilote qui annonce la fin du voyage et tentent de lutter pour se réveiller. L'avion tape deux ou trois fois, Elisa sursaute et ouvre les yeux en grand. Du hublot, des multitudes d'avions se croisent, des centaines d'agents gesticulent, agitent les bras, des bâtiments géants se dressent. Emportées par le flot des passagers pressés, elles sont chahutées dans les grands couloirs blancs et gris. Sur l'immense tapis roulant, les bagages tournent sans cesse. Les yeux des filles peinent à rester ouverts.

A la sortie, Madame Percy les attend. Elle a tenu à les accueillir en personne. Avec ces deux-là, elle a tapé en plein dans le mille et il lui faut les bichonner, elle ne veut plus les lâcher. Elle les conduit directement au siège de Zalia Lingerie.

Dans la grande salle, flûtes et bouteilles de champagne habillent la grande table ovale. Tout autour, le staff dirigeant au grand complet fête déjà la victoire.

Ensevelies sous la fatigue, Elisa et Lucie ne comprennent pas trop ce qui leur arrive. Dans un effort surhumain, elles lèvent un verre rempli de bulles et font semblant de célébrer cet évènement. Mme Percy commence un discours incompréhensible puis Elisa percute à l'annonce d'un simple mot qui résonne atrocement dans sa tête : *« Buzz »*. Elisa s'assoit, réalise, s'écroule, inanimée, par terre.

Elle sent des gifles glacées sur ses joues encore ensoleillées. Face à elle, Lucie lui parle et tente de la faire revenir à elle.

Mme Percy les aide à descendre au rez-de-chaussée et montre une voiture noire de grande classe :

— Lucie, le taxi attend en bas et va vous conduire vers une chambre d'hôtel pour ce soir. Vous avez besoin de vous reposer. Nous nous verrons dans quelques jours, je vous appelle.

A bord du véhicule confortable, les rues défilent, voilées par le sommeil. La chambre d'hôtel semble froide et sans âme mais bien équipée. Sans même se déshabiller, les deux filles s'effondrent.

Quand elles se réveillent, le jour n'est pas levé. Ici, pas de nécessaire à thé ou café mais un *room service* bien organisé. Elles se font monter un énorme petit déjeuner. Les corps perturbés crient le décalage horaire. Peu de mots échangés, les regards inquiets d'Elisa succèdent aux yeux satisfaits de Lucie. Elisa regarde la baignoire se remplir d'eau potable. Elle a subitement envie de vomir mais se retient. Le petit bol et les seaux avec lesquelles elle s'est lavée hantent ses pensées. Elle est si loin de ce bain moussant, de cet hôtel blanc et gris, des coupes de champagne de Mme Percy.

Vite, connecter son smartphone sur la wifi. Retrouver enfin sa vie. Ses mails dégueulent. Les sonneries des notifications des réseaux sociaux beuglent. L'éteindre, tout de suite, le plus rapidement possible.

Soulagée, elle se prélasse entre la mousse et les effluves de jasmin. Lucie se met à hurler une phrase sans aucun sens :

— Elisa, on fait le *buzz* sur le net !

Surtout ne pas écouter, ne pas y prêter attention, profiter du bain, rien d'autre, on verra… « *Demain* ».

Surexcitée, tournant dans la chambre, Lucie s'assoit sur le siège des toilettes juste à côté de la baignoire parfumée. Sur sa tablette, elle montre à Elisa le site de Zalia lingerie. Elisa occupe la page d'accueil, en grand, en gros, en énorme. Une photo sur le catamaran. Celle avec le maillot rouge et jaune aux motifs fleuris. Le dégradé de bleu en arrière-plan.

Elisa pousse Lucie, elle ne veut surtout pas voir ça. Pas maintenant, pas comme ça. C'est irréel, un mauvais rêve. Tout à l'heure, elle retrouvera Pierre et son petit appartement. Elisa ferme les yeux, se mouille, frotte chaque parcelle de son corps, chaque mèche de cheveux. Puis elle se sèche, cherche sa montre, l'accroche difficilement, s'habille d'une petite robe chic et tendance, chausse ses petits talons. Elle embrasse Lucie, demande à la réception un taxi, patiente quelques instants, grimpe à l'arrière du véhicule qui zigzague entre les voitures et les passants.

Le jour est levé mais la ville est sombre. Elle regarde les dos courbés, les visages voutés, les pieds étriqués dans des chaussures trop serrées. Ne pas y penser, pas tout de suite, pas déjà. Un coup d'œil à sa montre, neuf heures vingt-trois. Rentrer.

Chapitre 33

Devant la façade de son petit immeuble, Elisa respire, soulagée. Elle monte les escaliers en faisant claquer ses talons sans exagération, tourne la clé et sent cette odeur de renfermé. Elle s'empresse d'ouvrir les fenêtres, de laisser l'air s'infiltrer. Sur le canapé, des chaussettes, des habits éparpillés. Sur la table de la cuisine, un reste de pizza et des canettes froissées. Dans le bureau, le ventilateur de l'ordinateur tourne à fond, fatigué d'être resté des jours et des jours allumé.

Elle pose ses talons et ses bagages, se met tout de suite au travail. La jolie femme range, astique, brûle un peu de papier d'Arménie, lave des vêtements, des draps, fait tourner le sèche-linge, repasse, plie, organise. Elle a presque terminé de nettoyer les vitres quand la porte d'entrée tape sèchement.

Sans qu'elle se soit retournée, Pierre l'enlace et dépose sur son cou un baiser fugace. Il la trouve belle et très bronzée, il ne comprend pas trop étant donné la météo sur la côte Atlantique ces jours derniers. Il trouve étrange qu'elle n'ait pas souhaité une nouvelle déco cette année. Maintenant, elle n'aurait plus le temps…Il n'attend pas de réponse, il lui dit que ce soir, il l'invite au restaurant, il a réservé, qu'elle doit filer se préparer. Lui se dirige vers l'écran du bureau, doit régler quelques affaires sur Pirates, c'est très important.

Elisa se démaquille puis se remaquille, méticuleusement, enveloppée par l'ambiance marocaine de sa salle de bain. Des jours ou des années étaient passés depuis la dernière fois qu'elle s'était trouvée là ? Agitée par des pensées qui la transpercent, elle se rate et le crayon khôl dérape. Il faut tout recommencer… Son geste n'est plus le même qu'avant… Elle va se reprendre, se réhabituer. Dans quelques jours, tout sera rentré dans l'ordre, elle doit être patiente. Ne pas paniquer, apprivoiser ce temps comme elle l'a appris là-bas. Garder au moins ça.

— Elisa, tu es prête ? demande Pierre en frappant à la porte de la salle de bain.

— Le résultat n'est pas parfait mais ça ira pour ce soir.

Les deux amoureux déambulent dans la rue animée, le restaurant réservé n'est pas très loin. C'est toujours le même, celui au bout du quartier qui se targue de servir une cuisine traditionnelle dans des assiettes bien garnies. Pierre aime le bœuf bourguignon qui lui rappelle sa grand-mère, il choisit toujours ce plat. Il commande pour elle, évidemment, elle prendra un pavé de saumon grillé accompagné de riz et de ratatouille. Elisa s'interpose :

— Non, je ne veux pas de riz, surtout pas. Servez-moi un filet mignon avec des pommes de terre persillées s'il vous plait, annonce-t-elle d'un ton déterminé.

Pierre n'en revient pas, ne la reconnaît plus. Elle est mal maquillée, ses vêtements ne sont pas bien assortis et ce choix de plat… Il lui demande si elle n'est pas trop fatiguée, ce qui expliquerait toutes ces bizarreries d'aujourd'hui. Sa réponse le rassure :

— Oui, je n'en peux plus, Lucie m'a épuisée, il y a eu trop de soirées arrosées…

Au moment du dessert, il semble stressé. Autour d'elle, le personnel est à l'arrêt. Le temps se suspend. Pierre se lève, se met à genoux et se lance :

— Elisa, je viens d'avoir ma promotion. La banque a accordé un accord de principe pour un crédit à hauteur de 350 000 euros, nous n'avons plus qu'à dégoter le bien à acheter, j'ai déjà deux ou trois idées. Alors je te le demande, veux-tu m'épouser ?

Les autres clients posent leurs fourchettes à côté des assiettes, n'osent plus bouger d'une oreille, fixent Elisa. Un silence oppressant s'empare du petit restaurant.

Elisa ne répond pas. Une minute qu'il est agenouillé sur ce carrelage trop froid. Les yeux bleus l'observent, interloqués. Puis elle murmure :

— Tu me prends au dépourvu, je suis surprise, je ne m'y attendais pas.

Il se lève, agité, gêné, ne peut pas attendre une réponse, se lève, signe un chèque, s'enfuit dans la rue grise.

Elisa, stoïque, ne bouge pas, ne dit rien et commande un mojito. Elle penche le verre, s'évade dans ce vert qui lui rappelle les yeux de Marco. Puis l'avale *cul sec*, en commande un deuxième à qui elle réserve le même sort. Elle court dans la rue. De larges foulées. Elle monte les escaliers et pousse la porte. Elle le trouve là, Pierre, occupé comme si de rien n'était, sur ses jeux de guerriers. Elle se penche vers lui, caresse son épaule, le regarde et lui répond enfin d'un timide « *Oui* ».

Il ne perd pas une minute pour lui montrer les maisons qu'il a sélectionnées dans des petits lotissements bien fréquentés puis sort un calendrier et lui laisse choisir entre trois dates. Ils arrêtent tout de suite le vingt-huit mai. Sur un site réputé, il fait des essais de mise en page de faire-part grâce aux modèles variés proposés.

Pendant qu'il s'affaire sur son ordinateur, Elisa s'allonge dans le lit king size en pensant à Milana qui serait si heureuse et s'endort en regardant les photos du Kilimanjaro.

Chapitre 34

Au petit matin, elle profite un peu de sa dernière journée avant de reprendre son travail chez Gobel technologies. La demande de Pierre l'a surprise, elle ne s'y attendait pas, ne s'y attendait plus. Elle devrait être heureuse au plus haut point mais une petite voix au fond du cœur la perturbe. Pour ne plus penser, elle se concentre sur le peu de ménage qu'il lui reste à faire. Alors qu'elle verse son café dans sa tasse personnalisée, le téléphone se met à crier, Lucie explose au bout du fil :

— Elisa, j'arrive dans cinq minutes. Nous allons chez Zalia lingerie, le staff nous attend.

Elisa raccroche sans répondre. Lucie exagère, elle va trop loin. Elle n'a toujours pas bougé de la table de la cuisine quand elle entend la sonnette de la porte retentir. Lucie sonne toujours trois fois, c'est comme ça... Elisa se déplace lentement. Elle doit appeler sa mère, elle l'a complètement délaissée ces derniers temps.

Lucie embrasse son amie avec une énergie débordante. Surexcitée, elle jacasse sans arrêt. Le flot des mots saoule Elisa qui distingue seulement quelques syllabes par ci par là. Puis, une question :

— Tu es prête ? On y va ?

— Tu m'as bien regardée ? Tu trouves que je suis prête ?

— Pas vraiment. Qu'est-ce que tu attends ?

— Je ne viens pas chez Zalia, ça ne m'intéresse pas.

— Mais tu as perdu la tête ! Ils ont des postes à nous proposer, ils veulent nous garder !

— Vas-y-toi ! Moi, je ne viens pas. Inutile d'insister, tu ne pourras pas me faire changer d'avis. J'ai mon ménage à terminer et je reprends chez Gobel demain.

Lucie, interloquée par cette attitude affirmée, essaie encore un peu de convaincre Elisa mais, résignée, finit par tourner les talons et presse le pas. Elle a peu de temps pour rejoindre le siège de l'enseigne.

Elisa se dirige vers la salle de bain. Il est trop tard pour faire son footing dans le parcours santé. Elle reprendra ses habitudes demain. Aujourd'hui, tout doit être remis en place. Les vitres briquées, le frigo rempli, elle s'assoupit quelques instants sur le canapé et juste avant de s'endormir, s'empare du téléphone et compose le numéro de Milana.

La maman est émue d'entendre sa fille qui était partie si vite, si loin. Elle n'avait eu quasiment aucune nouvelle mis à part un « *Ça va, les vacances se passent bien.* » évasif. Elle invite sa fille à un traditionnel repas de famille pour l'anniversaire d'Eléonore.

Eléonore est la nièce d'Elisa, la cinquième. Elle a dix ans dimanche. Dans la famille, on fête seulement les dizaines mais de manière grandiose, un peu comme un repas de Noël. Alors c'est sûr, Elisa viendra avec à son bras Pierre. Elisa n'annonce pas la demande en mariage de la veille. Quelque chose l'en empêche, comme si son corps refusait d'en parler, comme si sa tête n'arrivait pas à réaliser, comme si son cœur n'était pas prêt. Ce dimanche, ce serait très bien pour l'annoncer, si elle y arrivait.

A la fin de la journée, Elisa est satisfaite « *Chaque chose a sa place et chaque place a sa chose* ». Elle prépare le repas du soir, une tarte féta mozzarella tomate pistou, puis salade fromages et desserts industriels feront bien l'affaire. Elle s'avachit sur une chaise de la cuisine en visionnant l'une de ses séries préférées mais le temps a passé et de nouveaux personnages ont fait leur apparition. Elle est un peu perdue.

A dix-neuf heures, Pierre passe enfin la porte, enfile les sur-chaussures qui évitent d'abimer le parquet ciré et semble embêté de ne pas avoir le temps d'aller sur ses jeux vidéo avant de dîner. Elisa a préparé le repas et mis la table, il n'a pas le choix, il ne peut pas esquiver. Il aura du temps après.

Il lui parle des faire-part qu'il a presque terminés de mettre en page, de la salle des fêtes qui est déjà réservée, du traiteur qu'il a déjà consulté et qui propose un service à table en option. Il montre le relevé du compte commun sur lequel ils déposent depuis déjà plusieurs années leurs économies pour le mariage et l'apport pour la banque. Moitié moitié, au centime près. Soixante-quinze mille euros. Le budget pour la cérémonie est large et la lune de miel sera magnifique. Quinze mille euros pour le mariage et la lune de miel lui semblent raisonnable. Il n'a pas réfléchi à la destination, peut-être qu'il la laissera choisir. Ils n'en ont pas parlé. De toute façon, pour l'instant, il y a le mariage à organiser.

Elisa semble ailleurs mais elle hoche régulièrement la tête en signe d'approbation. Elle est d'accord sur tout ce qu'il lui propose, il est satisfait.

Il s'excuse pour finir de ne pas l'aider à débarrasser mais il n'a pas été sur Pirates de la journée. Il pense qu'il pourrait lui faire l'amour ce soir mais non, il verra demain, ce soir, il est très occupé. Elisa s'endort rapidement, encore épuisée par le décalage horaire.

Chapitre 35

Six heures pile. Le smartphone dernière génération hurle, calé sur l'horloge atomique mondiale. Absolu. Précis. Elisa tapote, énervée, sur la touche arrêt qui fait taire sur le champ l'appareil. Ses pas l'amènent vers la cafetière programmable dont elle a fait l'acquisition le jour de son aménagement. Un achat qui a changé sa vie. Essentiel. Primordial. Elle verse le café dans la tasse personnalisée, la photo familiale incrustée la toise. Elle ajoute une sucrette, une seule, tourne sa petite cuillère bruyamment.

Quelques minutes plus tard, vingt-cinq exactement, la belle trottine déjà à petites foulées dans le quartier mal réveillé. Derrière les maisons grisées de l'angle, Elisa se dirige, à une allure peu régulière, vers le petit parcours santé aménagé par la municipalité. Elle s'essouffle vite, elle n'a plus le rythme, elle termine la boucle en marchant. Rien ne sert de forcer. Elle est en retard. Trente-cinq minutes au lieu de vingt-cinq. Il faudra rattraper ces précieux instants envolés. A la boulangerie, Gabriella lui sert une baguette croustillante et un pain au chocolat. La journée commence difficilement. Elle a du mal à se remettre dans le bain. Dix minutes de retard…

Elisa n'est pas à l'heure pour réveiller Pierre qui s'est déjà levé pour se servir lui-même son café sucré. Il remercie Elisa pour la viennoiserie.

— Bonjour mon cœur. Désolée, je suis en retard, s'excuse-t-elle confuse.

— Merci Elisa. Ne t'inquiète pas, c'est ton premier jour, cela va revenir. Je sais que tu es pressée, je ne te retiens pas.

Le baiser est fugace et sec. Mais il est là, un refrain qui revient. Sept-heures quinze, Elisa, affairée devant son dressing, choisit une robe noire, sa veste en jean bleu délavé et des jolis petits talons. Elle n'a plus qu'à se pomponner, dans sa salle de bain décorée aux couleurs du Maroc. Elle fait attention avec le khôl, ne pas déraper. Sept heures trente-cinq, la belle brune est sur le perron de l'immeuble du quartier, prête à partir travailler. Elle a rattrapé son retard avec le maquillage. Elisa est rassurée.

— A ce soir mon amour, lance-t-elle à Pierre en déposant un baiser doux sur son front large.

— Bonne journée mon cœur, répond-il.

L'autobus de la ligne trois est en approche. Sept heures quarante-deux. Tout est rentré dans l'ordre. Une minute trente pour atteindre l'abri bus recouvert d'affiches publicitaires.

Sept-heures quarante-quatre, la belle grimpe dans l'autobus à moitié plein. Autour d'elle, des têtes baissées, des regards vidés, des dos voutés… Elle se plonge alors dans la toile, les yeux rivés sur son smartphone en quête des dernières tendances mode et beauté sur ses blogs favoris. Mais elle n'arrive plus à s'y intéresser. Le cœur n'y est plus. Elle préfère surfer sur un site de vente en ligne de matériel de loisirs créatifs. Elle va se remettre à la peinture. Elisa marche quelques minutes, faisant claquer ses talons sur le bitume, la démarche mal assurée.

Huit heures vingt-cinq, elle pousse la porte battante et pénètre dans le hall aseptisé de son entreprise : Gobel technologies. La firme ne lui a pas manqué. Une poignée de main à l'hôtesse d'accueil. Son entrée fracassante dans *l'open space* à l'américaine la révulse, elle sent la nausée monter. Un boucan d'enfer envahit ses oreilles. Elle rejoint son box difficilement, tangue entre les bureaux. Les regards remplis de testostérone se tournent vers elle, inexorablement. Les collègues la regardent avec des yeux inquiets. Va-t-elle tomber ? Plus belle que jamais, bronzée, mais quelque chose a changé. Elle est là, comme si elle était étrangère au service, une intruse, un fantôme réapparu.

— Bonjour Stéphanie. Comment vas-tu ce matin ?

— Comme d'habitude, rien de spécial. Tes vacances, c'était bien ?

— Bérangère n'est pas là ?

— Non, elle a pris son jour de congé. Je branche le standard, c'est parti !

— Gobel technologies bonjour ! Elisa à votre service. Que puis-je faire pour vous ?

Les mots sortent mécaniquement. Elle n'a rien oublié. Elle passe sa journée à répondre aux appels. Elle dégueule les mots. « *Monsieur, madame, bonjour, bonne journée, merci, s'il vous plait, avec plaisir* ». Elle a du mal à sourire au téléphone. Elle regarde son gros poste qui clignote à tue-tête. Elle pense à son vol dans le cockpit. Elle qui n'aime pas l'avion y retournerait bien finalement…

Dix-sept heures trente, l'heure de la débauche. Couverte de sa veste en jean délavé, Elisa pousse la porte battante puis inspire une grande bouffée d'air naturel. Elle pousse un cri, le cri qu'elle a toujours rêvé de pousser. Puis elle fait claquer ses talons sur le bitume usé jusqu'à l'arrêt de bus de la ligne trois. L'autocar n'est pas en retard et pointe son nez, perdu au milieu de la circulation dense des heures de pointe. Elisa cherche une place, près de la fenêtre. Elle valide le panier qu'elle a constitué ce matin sur le site de loisirs créatifs. Dans quelques jours, elle s'aménagerait un coin dans l'appartement et se remettrait activement à la peinture. Elle a toujours eu du talent. Tant pis pour le manque de place, elle trouvera une solution.

Dix-huit heures quinze. Elle pousse la porte de son appartement. La journée s'est bien passée. Elle oublie d'enfiler ses sur-chaussures, décide de rester en collant, cela suffit largement ! Elle se dit qu'elle pourrait lire un livre ou écouter de la musique. Sur l'ordinateur de Pierre, elle branche les enceintes qu'elle n'a jamais utilisées, va sur internet, choisit *You Tube* et enclenche une *playlist* de Francis Cabrel. Les morceaux s'enchainent et Elisa s'évade de la petite guérite au trou d'eau de la tribu de Poindimié, affalée dans le canapé.

— Bonsoir mon cœur, lance Pierre en accrochant sa veste au porte manteau de l'entrée.

— Bonsoir mon amour. As-tu passé une bonne journée ?

— Tout à fait même si rien de particulier n'est à signaler.

Après un léger détour pour le baiser rapide et sec de fin de journée, Pierre se dirige vers le salon, éteint *You tube* sur le champ et connecte son jeu en ligne. Il ne dit rien mais lui lance un regard noir l'accusant d'être en retard, de ne pas avoir préparé le dîner.

Elle change d'avis pour le repas, sort une pizza congelée de mauvaise qualité qu'il a dû acheter quand elle n'était pas là, la met au four, dresse une table mal alignée et tourne en rond dans la cuisine.

Chapitre 36

Elisa n'allume même pas la télé. Des niaiseries. Un reportage lui aurait plu en attendant que Pierre soit prêt à passer à table. Elle rêvasse en silence quand le téléphone la réveille brusquement :

— Elisa ! Elisa ! Je sors de chez Zalia ! Mon deuxième rendez-vous. Ils ont proposé tout un tas de contrats ! Des podiums très médiatisés aux défilés les plus branchés. Ils vont miser sur moi ! Mme Percy voudrait te voir aussi. Elle semblait déçue de ton absence. J'ai prétexté la fatigue liée au décalage horaire. Je te remercie d'avoir accepté ce voyage et ce travail, c'est grâce à toi aussi si j'ai été remarquée.

— Tu fais bien de me remercier ! J'ai tout fait pour toi. D'accord tu as atteint tes objectifs mais moi ? Je n'arrive plus à me réhabituer. Je suis en retard pour tout. Je suis à côté de la plaque. J'avance ici comme un automate détraqué. Ma vie est bousillée !

Elisa s'étouffe dans un sanglot lourd puis reprend de plus belle en haussant la voix, oubliant la proximité de Pierre, hors d'elle :

— Pierre a fait sa demande en mariage. Tu le sais, toute ma vie, j'ai attendu cet instant, je l'ai espéré au plus profond et pourtant je ne pense qu'à Marco, qu'aux bleus de l'océan, qu'à mes cheveux balayés par le vent à l'ombre des cocotiers. Je regarde mes pieds emprisonnés par ces maudites chaussures à talons. Je me rate quand je me maquille. Je ne souris plus au téléphone, c'est sûr, je ne vais pas tarder à me faire virer. Pierre me dérange, son odeur, ses pizzas surgelées, ses yeux rivés sur son écran. Il a déjà fait les faire-part, calé une date, choisit le traiteur…

Elisa parle fort dans le salon, gesticule, tremble, a oublié que Pierre est là, tout près. Elle ne l'a pas vu se lever. Il la regarde, interloqué, choqué, immobile. Puis d'un coup, il lui attrape le bras, jette le smartphone sur le canapé dans un geste insensé. Il la tient face à elle, lui dit de se calmer, d'arrêter de trembler et de lui expliquer. Devant son silence coupable, il la secoue d'avant en arrière, lui impose une réponse claire, tout de suite, maintenant, il ne va pas attendre :

— C'est quoi cette histoire de cocotiers ? De bleu océan ? C'est qui ce Marco ? Et moi je te dérange ? Je mérite une explication !

Elisa sent les larmes monter. Elle baisse les yeux, honteuse. Comment a-t-elle pu oublier sa présence ? Elle le respecte, elle lui doit la franchise. Va-t-il lui pardonner ? Elle s'assoit sur le canapé, respire trois fois, le fixe et se lance :

— Je ne rentre plus dans ma vie, elle n'est plus à ma taille. Je suis désolée, je suis perdue et je t'ai menti. J'étais partie en Nouvelle-Calédonie avec Lucie. J'étais modèle photo pour une marque de maillots de bain et de tenues de plage. Je l'ai fait pour Lucie, c'est elle qui prenait les photos. Aujourd'hui, elle a eu ce qu'elle voulait, elle s'est fait remarquer. Sa carrière va décoller et moi, ma vie est bousillée.

— Je ne comprends rien à ton charabia. Qui est ce Marco ? Est-ce que tu m'as trompé ?

— Non, je ne t'ai pas vraiment trompé. Mais si je dois être honnête avec toi, j'ai rencontré un homme, Marco. Il ne s'est rien passé mais je n'avais jamais ressenti ça et ces émotions m'ont transformée. Et toi m'aimes-tu au point de te marier avec moi ? Tu es toujours enfermé devant tes jeux vidéo ?

— Je croyais qu'on s'aimait, que tout roulait. Mais tu m'as trahi, tu m'as menti. Pourquoi ? Je ne t'ai jamais empêché de passer tes vacances comme bon te semble ! Comment te faire confiance maintenant ? Je me suis trompé. Il est encore temps de tout annuler, c'est peut-être mieux. On verra plus tard.

Pierre baisse la tête, fait un détour par la salle de bain, se couvre de son manteau, met ses chaussures de ville noires impeccables et claque la porte en disant :

— Je ne rentrerai pas ce soir, ni les jours suivants. On fait un break, je vais chez un collègue. Je t'appellerai. Prépare mes affaires en attendant. Peut-être que ce break ne sera pas définitif, je ne sais pas mais si l'on doit se remettre ensemble, il faudra tout reprendre depuis le début. Donc s'il te plait, ne me cours pas après. Laisse-moi respirer et réfléchis. Je ferai de même de mon côté.

Elisa reste là, sur ce canapé qu'elle a aspiré tous les samedis et qui lui semble aujourd'hui si sale, si laid, qui empeste cette odeur de renfermé. Elle ouvre la fenêtre, n'arrive plus à respirer. Lucie est là. Elle vient d'arriver. Elle veut s'excuser. Elle la serre dans ses bras puis l'aide à se calmer. Elisa annonce dans un sanglot :

— Pierre m'a quitté.

Lucie sèche ses larmes, se confond en excuses, lui conseille de partir quelques jours chez sa mère, au moins pour le weekend. Elle lui avoue que finalement, c'est sûrement mieux ainsi, que sa relation avec Pierre a toujours semblé être une mascarade, qu'elle est devenue un robot sans vie avec lui, qu'elle a bien vu ce qui s'est passé avec Marco, là-bas, en

Nouvelle-Calédonie, qu'elle a reconnu dans ses yeux cette étincelle s'allumer, ces cendres d'elles même s'enflammer.

— Va chez ta mère ! répète-t-elle encore, sur le ton autoritaire qu'elle sait prendre parfois.

— Non, elle ne comprendra pas… Si près du but, et voilà.

Elisa laisse couler un flot de larmes intarissable. Lucie l'aide à se débarbouiller et l'emmène sur le champ boire un mojito au café Bohème. Pour elle, c'est la seule chose à faire.

La soirée s'agite, s'anime, autour de plusieurs *cul sec*. Elisa danse, en transe, les yeux fermés. Elles rentrent ivres et fatiguées. Le sommeil dans la chambre Kilimandjaro est lourd et sent mauvais.

Chapitre 37

Quand Elisa se lève, elle trouve Lucie à ses côtés, encore habillée de la tête aux pieds. Dans la pièce règne une forte odeur d'alcool et de tabac froid imbibé sur les vêtements souillés. Elisa se verse un café, enclenche Francis Cabrel sur *Youtube*, monte le son, encore plus fort. Elle jette un œil par la fenêtre, le temps est gris mais quelques rayons de soleil luttent, cherchent une place, vont peut-être finir par percer. Son smartphone clignote, il y a deux messages. Elle n'est pas pressée, elle verra plus tard.

Lucie est réveillée par des guitares sèches et un accent du sud. Elle rejoint son amie, se sert un café serré. Les deux filles ne restent pas dans la cuisine mais s'assoient en tailleur, par terre, autour de la table basse dans le salon, sur un petit coussin posé sur le parquet flottant. Les têtes sont lourdes, résonnent. Elisa monte le son, plus fort, se perd dans les mots de Cabrel, tripote son bracelet orange… Trouver le bonheur…

« Puisqu'on ne vivra jamais tous les deux
Puisqu'on est fou, puisqu'on est seul
Puisqu'ils sont si nombreux
Même la morale parle pour eux

J'aimerais quand même te dire
Tout ce que j'ai pu écrire
Je l'ai puisé à l'encre de tes yeux

Je n'avais pas vu que tu portais des chaînes

A trop vouloir te regarder
J'en oubliais les miennes
On rêvait de Venise et de liberté

J'aimerais quand même te dire
Tout ce que j'ai pu écrire
C'est ton sourire qui me l'a dicté

Tu viendras longtemps marcher dans mes rêves
Tu viendras toujours du côté
Où le soleil se lève
Et si malgré ça j'arrive à t'oublier
J'aimerais quand même te dire
Tout ce que j'ai pu écrire
Aura longtemps le parfum des regrets »

Lucie fixe Elisa, ses yeux azur, cet air délicat, elle l'a toujours aimée, elle est obligée de lui dire :

— Vas-y ! Repars ! Fais péter ton livret d'épargne ! Démaaare ! Viens, on appelle Laurène, elle t'accueillera, tu verras bien ! T'as de quoi tenir un moment, tu trouveras bien un job plus tard, prends deux ou trois mois de break ! Moi, c'est certain, je pars passer quelques jours avec Rodrigo, mercredi. Fais pareil. T'as plus rien à perdre !

— Et mon travail chez Gobel ?

— Standardiste… Un smic… Pas si difficile à retrouver !

— Si Lucie c'est dur de trouver un CDI ! Et puis, tout lâcher comme ça ? Mais je n'en suis pas capable. Je ne suis pas comme toi.

— Ose, c'est tout. Tu étais bien là-bas, tout était en train de commencer. Tu t'es mieux adaptée que moi. Envoie un message à Lolo, demande s'il y a une place dans sa colocation, va voir Milana, démissionne, agis Elisa.

Elisa pianote sur son smartphone, elle lit les deux messages. Un de Pierre qui lui donne rendez-vous dès lundi pour récupérer quelques affaires. Un autre de Laurène « *Vous êtes bien arrivées* ? »

Les deux filles passent la journée à trier les affaires de Pierre, d'Elisa. Les cartons s'entassent rapidement, à la vitesse de l'éclair, comme si tout aurait dû être fait il y a déjà bien longtemps et qu'elles devaient rattraper un retard immense. Parfois Elisa sent les larmes couler alors Lucie monte le son de la musique et chante avec elle des airs de liberté. Les sanglots s'envolent, tout en haut.

Le soir, elles commandent des plats chinois qu'elles se font livrer après avoir bu une bonne bouteille de blanc glacé un peu sucré. Elles s'enfoncent dans le matelas Emporio double épaisseur en rêvant des bras d'un Rodrigo ou d'un Marco.

Chapitre 38

Au petit matin, Lucie accompagne Elisa chez Milana, pour les dix ans d'Eléonore. Lucie fait partie de la famille, elle les connaît tous, intimement. L'ambiance est familiale et sereine, comme dans les séries télévisées. Les gosses courent partout, le garage a été transformé en salle de réception avec des nappes blanches et des sets de table verts. Le repas embaume la maison, un bœuf bourguignon. Milana l'a préparé pour Pierre, c'est son plat préféré, elle veut qu'il soit à l'aise. Mais Pierre n'est pas là. À sa place, il y a Lucie.

Elisa mange en silence, écoute d'une oreille sa belle-sœur lui raconter les problèmes de l'association des parents d'élèves.

Charles, un de ses beaux-frères, annonce en rigolant bêtement qu'il a cru voir Elisa en photo sur l'espace publicitaire de la ligne sept. Personne ne relève. Même pas elle.

Elisa fixe le set de table devant elle puis la menthe à l'eau dans le verre enfantin d'Eléonore. Elle se lève, saisit sa petite cuillère, la fait tinter sur son verre en cristal trois fois.

Les enfants ont du mal à se calmer, on entend des « *chuuuut* ». Les adultes attendent, se taisent, sont étonnés, ce n'est pas dans les habitudes d'Elisa de parler à haute voix, comme ça, devant toute la famille réunie. Non, normalement, Elisa se tait. Là, elle est debout, bien droite, le menton haut, elle fait face. Les enfants finissent par se taire. L'un d'eux a servi d'exemple et a été puni dans un coin.

Alors, Elisa se lance, cherche ses mots, bafouille. Les frères et sœurs s'impatientent un peu, puis sûre d'elle, elle prononce chaque mot en modulant sa voix à la perfection, en articulant comme il se doit et annonce :

— Avec Pierre, c'est fini, pour l'instant. Nous avons besoin de nous séparer un peu. Dans deux semaines, je pars à Nouméa, en Nouvelle-Calédonie, quelques mois. Je suis heureuse de vous dire qu'une autre vie pour moi commence. Ne vous inquiétez surtout pas, j'ai tout organisé. Un logement m'attend, une amie aussi et j'ai des économies pour tenir plusieurs mois, même une année s'il le faut. Et regardez, j'ai même mon billet retour, un billet *open* qui me laisse le choix de la date. J'ai ma vie à construire, mon destin à accomplir mais je vous aime.

Les yeux sont paniqués, choqués, interrogatifs. Les bouches restent fermées. Le silence pèse sur l'assemblée. Même les enfants se taisent et ne bougent pas d'une oreille. Les secondes durent des heures. Milana pleure un peu puis finalement se lève, sourit et tranche cette ambiance étouffante :

— Nous en parlerons plus tard Elisa… En attendant, qui veut un café ?

La jolie brune n'a pas le temps d'être avalée par la nappe que Lucie l'attrape par la taille et l'entraîne dehors. La rue est grise et déserte. Même les chats ont disparu. Lucie tend une cigarette à son amie.

— Tiens, ça nous rappellera le bon vieux temps !

Elisa crapote la clope mentholée et fixe la baraque de Mme Simone, sa façade terne et ses rideaux de solitude.

Lucie s'impatiente, ce silence la met mal à l'aise, elle aimerait presque qu'une voiture passe pour faire diversion, pour amener un peu de vie, pour faire du bruit. Elle peine à reconnaître son amie, celle qui d'habitude tremble et gémit. Elle la regarde, les cheveux mal peignés, un peu ébouriffés, assise sur le trottoir de leurs jeunes années, le regard loin, si loin qu'il semble traverser la maison de Mme Simone, le quartier endormi et même toute la ville. Pourtant, vissé à ses lèvres, une espèce de sourire immobile se dessine. Lucie ne dit toujours rien et puis explose :

— Bon Elisa, tu vas faire quoi ?

Les yeux s'entrechoquent. Elisa pose sa main sur l'épaule de Lucie, sereine et confiante, calme et détendue. Elle prend son temps, comme là-bas, et tente une réponse :

— Lucie, ce n'est pas aujourd'hui que je changerai d'avis… Qu'ils soient d'accord ou pas, qu'ils me soutiennent ou non, ma décision est prise. Ma mère s'habituera. De toute façon, elle n'aura pas le choix. Je vais juste essayer de lui parler, de trouver les mots justes, sans trop la peiner. Je ne veux pas lui faire du mal, elle m'a tant donnée. Elle m'aime et pour une fois, elle m'offrira peut être la possibilité de lui prouver que je peux choisir ma vie, au moins m'offrir une parenthèse. Le bonheur dont elle me rabâche les oreilles depuis toutes ces années, je vais finir par le trouver. Ou pas. Mais au moins j'aurais cherché ! Je n'ai plus rien à prouver, j'ai tout essayé pour la satisfaire mais je crois que cette voie toute tracée n'est pas mon chemin, du moins pas pour l'instant. J'ai vu que là-bas, on peut être heureux autrement. J'ai envie de tenter ma chance, de m'y aventurer, même quelques mois.

Elisa prend la main de son amie de toujours et la serre, à lui en broyer les doigts.

— Tu me fais mal ! balance Lucie en la repoussant d'un coup sec.

— Tu es devenue une vraie chochotte, ma parole, se moque la jolie brune en se redressant.

Les deux amies se prennent dans les bras, s'enveloppent et Elisa chuchote :

— Allez, viens, on va prendre ce café !

Quand les filles poussent la porte du garage, l'ambiance est lourde, tendue. Milana essaie de motiver les petits à organiser un spectacle. Elle a sorti la malle avec les vieux habits qui s'est transformée avec le temps en coffre à déguisements. Eléonore donne quelques pistes :

— On pourrait dire que je suis le loup et que vous êtes les trois petits cochons.

— Je suis le cochon qui a la maison en briques, lance Teddy.

— Je ne connais pas cette histoire, interrompt Léa. On ne pourrait pas faire un spectacle de danse plutôt ?

— Tu veux que je me transforme en rat d'opéra ou quoi ? Les trois petits cochons, c'est plus marrant, reprend Teddy.

Le ton monte entre la petite dizaine de gamins, excités de présenter le spectacle qui sera le clou de la journée mais peinant à se mettre d'accord. Milana intervient, comme à son habitude, ayant toujours une solution à tous les problèmes, pour tout le monde sans distinction d'âge…

— Bon les enfants, allez organiser ce grand spectacle dans le salon ! Faîtes plusieurs numéros, de la danse, du théâtre et puis bon, inscrivez-moi à votre programme, je chanterai un petit morceau !

Les deux amies ont repris leurs places autour de la grande table familiale et avalent à petites gorgées le café serré. Elisa scrute l'assemblée, certains regards se tournent vers elle, gênés, embarrassés. Finalement, c'est Charles qui questionne le premier :

— Alors Elisa, qu'est-ce que c'est que cette histoire de voyage ? Et puis avec Pierre, ce n'est pas complètement fini quand même ? Rassure-moi, il ne va pas me laisser seul au milieu de votre smala ! Ironise-t-il d'un air pincé.

Elisa le toise, Charles, elle ne l'a jamais vraiment aimé. Il a tout du beau frère prétentieux avec ses lunettes de soleil sur la tête, été comme hiver. Pour donner son avis sur tout, il n'est jamais le dernier et gare à celui qui viendrait le contredire. C'est que vous comprenez, un ingénieur du son de son acabit, capable d'être nommé responsable adjoint des lumières pour Johny Hallyday, il n'y en a pas deux. Il est le seul, l'unique. Ce qui compte pour lui, c'est la notoriété. Il aime raconter en long, en large et en travers les anecdotes de ses derniers concerts, les félicitations des plus grands artistes sur ses immenses capacités. D'ailleurs, sans lui, le dernier grand show de Ben Harper n'aurait jamais été une réussite. Ce qu'il oublie de dire, c'est quand fait, sur les concerts, il déplace surtout les cartons et décharge les camions…

Elisa n'a pas envie de lui parler, à cet homme qui ment du soir au matin, qui s'invente une vie de paillettes et oublie de s'intéresser à ceux qui sont autour de lui. Elle préfère se lever sans répondre et rejoint Milana auprès des enfants.

Sa mère est là, attentive à chacun des gamins, organisant avec Eléonore le plus beau moment de la journée, aidant Léa à fabriquer un tutu en papier crépon, expliquant aux garçons comment confectionner un pompon avec trois bouts de laine et du carton pour parfaire le costume des petits cochons, à défaut de queue en tire-bouchon. Milana est touchante de douceur, pleine d'entrain, remplie de générosité. Le rôle de grand-mère est bien meilleur que celui de maman fatiguée qui doit endosser toutes les responsabilités. L'ambiance est ronde et vivifiante, elle tranche avec le garage encore assommé par les mots d'Elisa.

— Maman, s'il te plaît, je peux te parler une minute ?

Milana la regarde, son regard s'embue un peu de quelques larmes emprisonnées, elle semble hésiter, se redresse et prévient les artistes en herbe :

— Je reviens, continuez les préparatifs. Eléonore, tu surveilles les petits !

— Allons dans la cuisine ma fille.

La maman presse le pas, s'installe et joint ses mains sur la table, calme et attentive. Jamais elle n'a laissé Elisa commencer à parler mais cette fois, elle va l'écouter parce que vraiment, elle ne comprend pas la soudaineté de ces nouveaux projets et cette séparation avec Pierre, elle n'a pas vraiment envie d'y croire ou d'y songer.

Elisa souffle trois fois, cherche quels mots dire en premier, détaille la nappe fleurie, lève les yeux vers cette mère qu'elle estime tant :

— Maman, je t'aime. Ce n'est pas contre toi, tu sais. C'est ce voyage avec Lucie qui m'a ouvert les yeux. J'ai du mal à t'expliquer mais ce pays m'a transformée, j'ai été si émue là-bas, plusieurs fois. Je n'avais jamais ressenti ça. J'ai admiré ces femmes, si fortes et si simples. Je me suis sentie proche d'elles, de leurs silences et de leurs rires discrets. J'ai vu en elles toute la simplicité du bonheur, du temps qu'elles savent apprivoiser, des paroles qu'on n'est pas obligé de donner. J'étais si bien, comme à ma place. Pour la première fois de ma vie, je n'étais plus timide et effacée. Je crois que j'ai quelque chose à vivre en Nouvelle-Calédonie, ne m'en veux pas. J'ai une chambre qui m'attend avec une amie, Laurène. Elle vit sur place depuis quelques années, elle est guide touristique. Tu n'as pas à t'en faire, c'est un peu comme des vacances prolongées.

— Oui mais Pierre ?

— Avec Pierre, on s'est un peu disputé. Il a surpris une conversation qu'il n'aurait pas dû entendre entre Lucie et moi. Pour te dire la vérité, là-bas, j'ai rencontré quelqu'un, maman. Il ne s'est rien passé mais je n'ai pas été indifférente, au contraire. Jamais je n'avais ressenti ces sentiments avant. Cela ne veut rien dire, c'est peut-être une émotion passagère mais il faut que je sache où cela va me mener. Il s'appelle Marco, il est originaire de Dijon et vit en Nouvelle-Calédonie depuis quelques années aussi, comme Laurène. Tu vois, même si Pierre n'avait pas entendu la conversation, j'aurais été obligée de lui en parler. J'ai essayé de faire comme si tout était normal, j'ai tenté de reprendre ma vie comme si de rien n'était mais non, ce n'était plus possible. Ces femmes, ce pays, ce voyage, Laurène, Marco… Tout me hantait. C'est pour ça que j'ai pris cette décision, pour voir. Rien n'est définitif, je te l'ai dit tout à l'heure, j'ai pris un billet *open*, je peux rentrer quand je veux et j'ai de l'argent de côté. C'est une pause, histoire d'en avoir le cœur net sinon je pense que je vais le regretter toute ma vie.

Elisa avale un grand verre d'eau, sa bouche est sèche, elle attend la sentence de sa mère. Même si sa décision est prise, elle ne voudrait pas partir en la laissant triste. Quelques secondes passent et elle tripote son bracelet orange en espérant que Milana ne lui en voudra pas, qu'elle fera l'effort de la comprendre et de l'aimer quand même, de lui laisser une chance d'assumer ses choix personnels, pour une fois qu'elle fait un pas vers ses propres envies.

— C'est pour quand le départ ? demande froidement Milana.

Si on observe bien cette maman courage, on distingue au fond de ses yeux une lueur d'espoir, une once de fierté, un soupçon de sourire mais aussi une bonne dose d'inquiétude.

— Le temps pour moi de m'organiser. Mon billet est dans mon sac à main, dans deux semaines, plus ou moins. Tu ne m'en veux pas trop ?

— C'est un peu précipité et il va me falloir un peu de temps pour l'accepter mais je crois que, quelque part, je suis fière de toi. Tu es une femme maintenant. Et puis, tu sais, si tu veux rentrer plus tôt, il y a toujours ta chambre ici !

Elisa respire, elle se sent enfin soulagée. Evidemment, sa mère n'a pas sauté de joie à la perspective de ce départ mais au moins, elle a fait un effort pour essayer de la comprendre, elle l'a écoutée, en adulte. C'est déjà un premier pas. Maintenant, il ne lui reste plus qu'à tout mettre en place pour ce grand voyage qui l'excite autant qu'il la terrorise.

Chapitre 39

Elisa serre une dernière fois Milana dans ses bras. Les larmes coulent, n'arrivant plus à se contenir, l'émotion est trop vive, trop forte. Les doigts se retiennent encore quelques instants. C'est fini, Elisa disparaît derrière la porte coulissante qui donne accès aux services de sécurité.

Milana s'effondre, se courbe, sentir sa petite partir si loin, si longtemps. Comment a-t-elle pu la laisser filer ? Elle s'en veut, un peu, voudrait repartir la chercher, lui dire que non, qu'il ne faut pas faire ça, que ce sera trop dur pour elle, la retenir, encore quelques jours, s'il vous plaît, je vous en prie. Mais c'est trop tard, elle ne peut pas passer, elle ne peut plus rien faire. Son téléphone se met à vibrer, Milana décroche :

— Maman, ne t'inquiète pas, tout ira bien. Et puis, rien ne t'empêche de venir passer quelques semaines avec moi, je vais m'organiser. Dès que tout sera en place, on te réservera un billet, tu passeras les meilleures vacances de ta vie, c'est promis. Je te laisse, il est temps d'embarquer et tu sais, je n'aime pas trop l'avion, je dois me concentrer pour ne pas faire une crise de panique… Je n'ai pas changé, tu me connais !

— Bon voyage ma chérie, prends soin de toi.

Milana a dit cette phrase comme si de rien n'était, comme si tout allait bien mais ce n'est pas vrai, tout ne va pas bien, tout est dissolu, tout part à vau-l'eau. Que va-t-elle devenir sans elle ? La maman perdue se retourne, regarde autour d'elle, les scènes déchirantes d'adieux et de retrouvailles qui ponctuent ce hall d'aéroport. Elle n'est pas seule, ils sont des dizaines à vivre ces moments poignants, chaque jour, chaque minute. Des couples, des familles, des enfants. Elle sèche ses larmes avec son petit mouchoir en coton hérité de sa mère et se met dans la file d'attente des taxis, la tête ailleurs, les pieds ici, le cœur enfui en Nouvelle-Calédonie.

Quand la forte poussée de l'avion enfonce Elisa au fond de son siège, elle ferme les yeux, pense à Laurène et à son « *Casse pas la tête* ». Elle voudrait être plus courageuse, ne pas avoir peur de ce foutu voyage, de cet engin qui survole les mers, qui t'arrache d'une porte à une autre, d'un pays à un autre, d'un monde à l'autre. Elle sait que ce qui l'attend, c'est l'inconnu, un souffle nouveau. Elle se souvient des mots de Marco « *Au début, tout était beau et puis j'ai galéré, je me suis même demandé ce que je faisais là, loin des miens. Aujourd'hui pourtant, j'ai beaucoup appris, la Calédonie est mon paradis, mon voilier est mon palais et le lagon est mon jardin.* ». Elle pense à ses mains, à sa voix, à ses yeux, qu'elle n'aurait jamais pu oublier, dans tous les cas. Il ne sait pas qu'elle revient. Cramponnée au siège de l'Airbus, elle se demande ce qu'il pensera de ce retour imprévu et soudain. La trentenaire revoit son dos s'éloigner après le vol d'Ouvéa, sa déception qu'elle le laisse, comme ça, comme si rien ne s'était passé, comme si elle s'en foutait, de lui, de tout, comme s'il n'était qu'une goutte de pluie dans sa vie, comme si elle n'avait rien ressenti. Elle s'interroge, le beau skipper lui en voudra-t-il ?

— Mademoiselle, que désirez-vous boire ? questionne l'hôtesse agrippée à son bar roulant.

— Une menthe à l'eau, vous auriez ?

— Oui, nous avons du sirop de fraise et de menthe, plutôt pour les enfants d'habitude, répond la jeune femme, un sourire aux lèvres, en tendant un verre à la passagère.

Elisa pose sur la tablette, face à elle, son livret de mots fléchés et boit à petites gorgées le verre coloré.

— On trinque pour faire connaissance ?

Un bel homme, la trentaine, brun, fixe la jolie brune en se demandant si elle est sourde et muette.

— Pardon, j'étais un peu perdue dans mes pensées, s'excuse-t-elle. Enchantée, je suis Elisa et toi ?

— Guillaume, enchanté également. On est parti pour dix heures de vol autant en profiter pour bavarder un peu, ça passera plus vite ! Tu vas au Japon ?

— Je fais juste escale à Osaka, je continue ensuite pour Nouméa.

— On peut dire que nous avons de la chance, je vais jusqu'en Nouvelle-Calédonie aussi ! Enfin, je ne reste pas à Nouméa, je m'envole dès le lendemain pour l'Île des Pins. Je viens de signer un contrat de second de cuisine à l'hôtel des Baies. Mon billet est payé par la chaîne hôtelière si je reste au moins un an. J'avais besoin de changement, j'ai eu cette occasion alors je saute le pas ! Je ne connais pas du tout l'Océanie, à moi les cocotiers et les Alizés !

Guillaume affiche un large sourire puis s'enfile cul-sec un Whisky, avant de lâcher une grimace qui en dit long sur l'effet de cet alcool pur sur son corps plutôt sec et menu. Il regarde Elisa et lui demande :

— Et toi, tu connais la Nouvelle-Calédonie ? Tu pars en vacances ou tu es de là-bas ?

Mais au lieu de répondre à ce voisin curieux, elle se cramponne au siège, son souffle est coupé. Impossible de parler. L'appareil bouge, beaucoup, trop. Le pilote annonce :

— Mesdames et messieurs, nous traversons une zone de turbulences, veuillez retourner à vos places et accrocher vos ceintures. Je vous remercie.

Elisa est terrorisée, elle sent son cœur qui s'accélère, sa bouche qui devient de plus en plus sèche, sa tête qui se met à tournoyer, des vertiges s'emparent d'elle. Guillaume pose une main sur son épaule :

— Hey, ma belle, qu'est-ce qui ne va pas ? Tu as peur ? Ne t'inquiète pas, l'avion est le moyen de transport le plus sûr au monde, ce n'est rien, quelques mauvaises minutes à passer.

Elle serre la main de Guillaume comme si elle le connaissait depuis des années, faisant de lui, comme ça, d'un coup, son compagnon de voyage et son ami de demain.

Le cuisinier comprend que pour Elisa, à ce moment-là, il n'y a pas de quoi rigoler, la peur est intense, incontrôlable, indomptable. Elle ne le sait pas mais le destin les a bien assemblés car lui, il sait s'y prendre, la phobie de l'avion, il connaît. Son ex, Lola, a le même problème et c'est d'ailleurs pour cette raison qu'il fait ce voyage seul. Elle n'a pas voulu le suivre à l'autre bout du monde mais il est parti quand même. Il a tout essayé pour la faire changer d'avis, ils ont tenté des petits vols intérieurs, il lui a payé un stage anti-phobie mais rien n'y a fait. Alors, il a beaucoup réfléchi, il a hésité mais finalement il ne pouvait pas sacrifier sa vie, ses rêves de changements espérés depuis tellement d'années.

Il regarde Elisa, la trouve courageuse de surmonter tout ça, seule en plus ! Il cherche l'hôtesse du regard et lui demande d'un geste un calmant pour sa voisine.

L'employée se dirige vers les deux compagnons en tentant de garder son équilibre grâce aux appuis pris çà et là, sur les différents sièges, parfois sur les épaules ou les têtes. Guillaume la remercie et la rassure rapidement en lui faisant comprendre qu'il gère la situation.

Doucement, il parle à sa nouvelle amie, lui dit que ça va passer, lui administre le cachet qu'elle prend sans rechigner. Les turbulences s'espacent puis petit à petit, s'effacent, ne laissant plus qu'un mauvais souvenir à une Elisa apaisée par le tranquillisant dont elle espérait secrètement pouvoir se passer désormais. Pourtant, au creux de ces minutes noires se sont greffées les prémices d'une belle complicité avec cet inconnu qui vient de la réconforter.

Quand l'avion tape sur la piste d'Osaka, Elisa se réveille en sursaut, un peu assommée mais soulagée d'avoir terminé ce premier tronçon du périple. A côté d'elle, Guillaume visionne *Fast and Furious* en pestant de ne pas pourvoir regarder la fin, puis se reprend et aide la jeune femme à attraper ses bagages.

Après une petite pause aux toilettes qui amusent toujours Elisa au plus haut au point avec les petits jets incorporés, Guillaume prend les choses en main et propose :

— On va s'en griller une et après on ira boire un coup, ça te dit ?

La belle brune suit le pas, encore dans un état semi comateux, heureuse de voyager avec Guillaume, jovial et enthousiaste. Une blague à droite, un sourire à gauche, le cuisinier étonne Elisa et la fait parfois éclater d'un rire franc et spontané. Quand il ouvre la baie vitrée du « *lounge fumeur* » d'Osaka, elle est prise de vertiges et de nausées. Malgré les énormes hottes aspirantes, l'odeur de tabac froid est forte et enivrante. Des dizaines de globe-trotteur ou d'hommes d'affaires tirent comme des enragés sur leurs cigarettes en pianotant sur leurs smartphones connectés. Guillaume, lui, allume une clope puis partage avec Elisa. Elle crapote une fois, deux fois puis, à deux doigts du malaise lui lance :

— Je crois que j'ai fumé un paquet en moins de trente secondes ! Je t'attends dehors !

Elle écrase la cigarette à peine entamée dans un gros cendrier et s'échappe du fumoir en prenant une bouffée d'air plus sain.

Guillaume s'en rallume une et l'observe à travers la baie vitrée, il sourit et termine assez rapidement sa clope avant de l'entraîner vers la terrasse d'un bar, planté au milieu de la grande avenue commerciale. Les deux jeunes gens s'affalent dans les canapés et somnolent quelques instants.

Revigorée par la caféine, l'experte des lieux conduit Guillaume vers un grand magasin détaxé et se laisse tenter par le dernier parfum de chez Kenzo pendant que le cuisinier dépense ses deniers dans une bouteille de Whisky et une cartouche de cigarettes. Leurs emplettes à peine payées, ils entendent, en anglais, l'annonce de l'ouverture des portes pour l'embarquement vers Nouméa.

Les deux nouveaux copains semblent se connaître depuis toujours. On les prend pour un couple d'amis ou de frères et sœurs s'envolant vers les vacances de leur vie. Finalement, quand on voyage seul, on ne le reste pas longtemps, on trouve toujours un compagnon avec qui partager ses émotions. Elisa est heureuse et se dit que cette nouvelle vie démarre sous de merveilleux auspices, exception faite des turbulences du premier vol évidemment.

Pendant cette dernière partie du voyage, Guillaume voudrait tout savoir sur son précédent séjour en Calédonie, ce qu'elle a vu, qui elle a rencontré, ce qu'elle a aimé, ce qu'elle a détesté. Le menton haut, Elisa raconte Laurène, les plages désertes de sable blanc, la culture Kanak si riche et si poignante. Elle revit le concert de Bitou Minou et lui décrit l'hôtel où il travaillera. Elle l'amuse avec une ironie déconcertante avec les bouées canard des japonais et l'étonne avec le kava, boisson dont il n'a jamais entendu parler. La jeune femme n'est plus une demoiselle discrète et effacée. Elle est sûre d'elle et partage avec cet homme intéressé toutes les émotions qu'elle a ressenties au plus profond d'elle-même. Le temps passe vite mais les esprits s'alourdissent, ivres de fatigue, assommés par le ronflement des moteurs de l'Airbus. Les corps des deux voyageurs s'éclipsent le temps d'un sommeil inconfortable de quelques heures.

Chapitre 40

A peine les grandes portes dépassées, au milieu du hall de l'aéroport de Tontouta, Elisa est bousculée par une Laurène qui l'a complètement ensevelie sous ses bras. Elle lui fait quelques baisers sur les joues en lui avouant :

— Je ne pensais pas que tu reviendrais si vite ! Tu as fait fort ma belle !

Elisa sourit, heureuse d'être là et de revoir son amie si précieuse, celle qui a su lui faire entrevoir un peu de ce territoire, lui donnant cette chance unique et inestimable, la faisant profiter de son expérience et de ses entrées dans tout l'univers culturel de ce pays. Elisa le sait, elle a encore beaucoup à découvrir mais elle est prête à tout pour aller au-devant des gens, des coutumes, de sa vie. Elle n'a plus peur, elle est là, c'est elle qui l'a choisi, c'est la première fois qu'elle se lance, comme ça, sans trop réfléchir, à l'instinct et elle se sent fière d'oser aller au bout de ses envies. Peut-être qu'elle va avoir bien des désillusions, elle en est consciente, mais ce n'est pas grave, après tout, elle va vivre et c'est tout !

Derrière les deux jeunes femmes, Guillaume cherche du regard son nom sur un panneau, un peu inquiet. Elisa le prend par le bras et le présente à Laurène :

— Lolo, je te présente Guillaume. Je l'ai rencontré pendant le voyage. Il va travailler à l'hôtel des Baies à l'Île des Pins.

— Enchantée Guillaume, lui répond du tac au tac la voyagiste. J'espère que tu as fait bon voyage en compagnie d'Elisa.

— Oui merci, un peu long évidemment mais c'est passé plus vite grâce à ton amie. Ravi de te rencontrer également. Toi qui es du coin, sais-tu à quoi ressemble la navette de la chaîne hôtelière de l'hôtel des Baies ?

— Ah, coupe Elisa en connaisseuse, tu ne peux pas te tromper, elle est blanche et verte !

— Regarde, intervient Laurène, le chauffeur est là. C'est toi monsieur Bémoli ?

— Oui, merci les filles. On reste en contact ? Vous avez un mail ou votre pseudo Facebook peut être ?

— Tiens, répond Elisa en lui tendant un bout de papier griffonné. A bientôt et repose-toi bien !

Les filles embrassent chaleureusement l'agréable cuisinier et le laissent s'éloigner d'un pas un peu lourd vers le chauffeur de la navette. Il se retourne une fois ou deux en tendant le bras en signe d'au revoir, un large sourire aux lèvres.

Laurène empoigne rapidement l'une des deux valises de la nouvelle venue et l'entraîne derrière elle vers la jeep blanche. Elle met le contact et, aussitôt, le reggae se met à faire danser sur leurs sièges les deux copines heureuses de se retrouver. Les quarante minutes de trajet jusqu'à Nouméa passent à une allure folle, Laurène voulant absolument connaitre tous les détails de cette décision de retour qu'Elisa a prise aussi vite que l'éclair. Cette dernière raconte tout, dans l'ordre chronologique, sans omettre aucun détail : de l'arrivée chez Zalia lingerie et du champagne immédiatement débouché par Madame Smati, de son maquillage qui dérape au *buzz* provoqué par les clichés de Lucie, des fantastiques propositions de boulot pour la photographe ambitieuse, de ses pieds trop étriqués dans ses talons, de Gobel et de son atmosphère étouffante et puis de la demande en mariage de Pierre, inespérée mais hors de propos tout à coup. Elle poursuit avec ses doutes, sa culpabilité et enchaîne sur le coup de fil de Lucie. Elle évoque Pierre, là, juste à côté, de son incompréhension, de son départ, de la porte qui claque. Elisa ne cache pas ses pleurs intarissables mais libérateurs. Elle détaille la musique dans l'appartement, Cabrel et ses mots, les mojitos qui sentent mauvais au petit matin et les cartons qui s'entassent, vite, en un éclair, comme si tout aurait dû être fait bien plus tôt, comme s'il fallait rattraper toutes ces années à sommeiller dans un confort qui emprisonne mais qui sent bon. Et puis, elle lui parle de Milana, de l'anniversaire d'Eléonore et de la résignation de sa mère, de ses yeux embués de larmes, rongés d'inquiétude mais éclairés d'une once de fierté, jusqu'aux adieux déchirants de l'aéroport, de leurs doigts qui s'accrochent jusqu'au dernier instant. La belle brune conclue son monologue d'un :

— Et puis voilà, Nouméa me voilà ! Merci d'être venue me chercher, de ton accueil et puis de m'avoir réservée la chambre aussi ! Sans toi, je ne serai pas revenue !

— Bienvenue au pays ! se contente de répondre la blonde pétillante en montant le son et en balançant sur son siège, chantonnant en anglais un reggae endiablé à tendance ragga.

Elisa aimerait lui demander tout de suite si elle a parlé à Marco de son retour, s'il lui en veut ou pas, mais ce sera pour plus tard, elle ne souhaite pas passer pour l'amoureuse transie qui fait le tour du monde pour espérer un regard de son beau marin. Elle ne veut pas que Laurène pense qu'elle ne revient que pour lui et puis de toute façon, ce n'est pas le cas. Elle a envie de le revoir, à en crever, c'est vrai, mais elle revient pour elle aussi, pour cette terre, pour ces gens, pour le temps qui passe autrement, pour donner du mouvement à sa vie, pour apprendre. Alors Elisa baragouine quelques mots en anglais à coup de notes bleutées et chaloupe aux côtés de Lolo quelques instants avant que la rue qui la verra évoluer ne se montre et que la musique ne s'arrête brusquement. D'un coup, le silence fait place à la fête, il fait nuit noire, tout le quartier est endormi. Même les colocataires dorment à poings fermés. Laurène ouvre la chambre d'Elisa dans laquelle gît un grand matelas en mousse revêtu d'un grand drap bleu. Une grande moustiquaire pend du plafond et donne à la couche l'allure d'un lit à baldaquin si on a un peu d'imagination romanesque.

Sans prendre la peine de se doucher, Elisa s'écroule dans un sommeil de plomb et se réveille une bonne dizaine d'heures plus tard, les cheveux en bataille sous un doux air tropical. De la terrasse se dégage une ambiance bienheureuse ponctuée de rires et de musiques ensoleillées. Elisa suit l'odeur du café et s'attable avec ses nouveaux colocataires, prenant la peine d'embrasser Léa et Max qui se remettent de leur folle nuit dans les bars branchés de la capitale. Laurène la salue tendrement et lui sert un café sans sucre. Il est question de plongée de réadaptation pour Max qui a eu son niveau deux il y a dix ans mais n'a pas replongé depuis, à cause de ses finances déplorables, de cet argent dépensé sans compter dans des fêtes immanquables. Laurène, toujours de bon conseil, l'oriente vers un club de la baie de l'Orphelinat, à deux pas de chez eux, qui pratiquent des tarifs raisonnables et offrent des plongées à couper le souffle près du récif ou des épaves.

Elisa écoute, réagit parfois, se sent bien, boit son café à petites gorgées et se presse deux oranges en remerciant la vie de lui permettre encore une fois de savourer ce jus si sucré. Léa demande aux convives d'un air malicieux :

— Un petit tour à la rivière de Dumbéa aujourd'hui ? Il fait beau et on pourrait se faire griller quelques crevettes, tranquille. Un beau dimanche !

— Bonne idée ma chère, répondent en chœur Max et Lolo en se tournant vers Elisa. Qu'est-ce que tu en penses ?

— Je ne connais pas alors je suis partante à cent pour cent ! balance la jolie brune du tac au tac avec un enthousiasme non dissimulé.

Les affaires sont vite préparées. Des paréos et des maillots de bain dans les mains, des claquettes aux pieds, les quatre colocataires montent dans la jeep qui se remet à chalouper. L'arrêt au magasin chinois à la sortie de Nouméa permettent à tous de trouver leur bonheur : quelques boissons fraiches, deux ou trois nems, du charbon de bois, des crevettes congelées qu'Elisa appellerait plutôt des gambas tant elles sont grosses et une boîte de gâteau.

L'équipée s'enfonce dans une végétation plus luxuriante avec beaucoup de bambous et quelques banians qui émerveillent la belle brune. Puis, au grès des petites routes sinueuses, la jeep se gare sur un parking en terre de bonne taille et les quatre amis traversent à pied la rivière, de l'eau jusqu'aux mollets en faisant attention de ne pas glisser sur les pierres polies par les années. Le paysage est féérique. De part et d'autre, des collines semblent les protéger. La rivière, elle, serpente paisiblement entre les roches grisées aux formes rondes et généreuses. La marche dure une bonne vingtaine de minutes. Ils croisent des familles bien équipées pour la baignade et le pique-nique dominical ainsi que des couples de sportifs déterminés à se payer une belle randonnée vers des petits points d'eau plus reculés.

Laurène sait où elle emmène ses compagnons : un beau trou d'eau, un peu caché, d'une belle profondeur, qui permet de nager à volonté, longé par une magnifique petite plage à l'abri des regards. Un coin pour faire le feu n'attend plus que les grillades que Max va se charger de préparer, ce dernier se hâtant déjà pour dénicher quelques bouts de bois et déposant juste à côté la grille qu'il a pris soin d'emmener.

Les filles, elles, peu préoccupées par les questions alimentaires, n'ont pas attendu un instant pour se délasser dans l'eau si douce de la rivière, chauffée à une température idéale. En moins de deux, Laurène les entraîne vers une sorte de jacuzzi naturel, parfait pour papoter et se détendre. Le dos massé par les petites cascades que les cailloux orientent merveilleusement, les trois copines trinquent en décapsulant des *number one* bien fraiches. Elisa mouille sa longue chevelure et se lance :

— Tu as des nouvelles de Marco ?

Laurène explose de rire et répond :

— Je me demandais quand tu poserais la question ! Tu as tenu longtemps, je ne pensais pas ! Chapeau bas !

— Ne te moque pas Lolo ! Je ne suis pas revenue pour lui, je me doutais que tu réagirais comme ça… C'est pour ça que je n'osais pas vraiment t'en parler. Je m'en veux un peu de la façon dont je lui ai fait mes adieux. J'étais un peu perturbée par tout ça. Tu comprends ?

— Mais oui, t'inquiète, je te charrie ! Marco va bien comme d'hab, nous n'avons pas parlé de toi. Il a juste demandé si vous étiez bien arrivées. Je ne lui ai pas dit que tu revenais. Si tu veux, ce soir, on ira faire un tour au nakamal, il y sera sûrement, il y va souvent le dimanche. Tu veux ?

— Je t'avoue que ça me fait un peu peur mais oui, ok, va pour le nakamal ce soir !

— Sans moi les copines ! intervient Léa. Demain, je bosse, les vacances, c'est fini pour moi. Il faut que je prépare mes cours !

— Tu es prof ? interroge Elisa.

— Juste une petite institutrice remplaçante, je débute. J'ai commencé en février, à la rentrée. Je découvre un nouvel univers. J'ai toujours rêvé d'exercer ce métier mais en France il faut une licence alors qu'ici le baccalauréat suffit pour faire des remplacements. Je me teste cette année et je vais tenter le concours pour faire l'école des maîtres, une formation de trois ans rémunérée en échange de dix ans d'engagement de service sur le territoire.

— Carrément, tu te projettes à fond ! lance Lolo. Je ne savais pas que tu voulais passer le concours ! Tu avances bien ! C'est une bonne nouvelle mais ce n'est pas facile ce concours il paraît, va falloir bosser et calmer la fiesta alors !

— Tu as tout compris ! Les vacances c'est fini pour moi. Je rentre dans une phase plus sérieuse mais il le faut, et puis, j'en ai envie ! Ce boulot me plaît. Je suis entourée de gamins de toutes les origines. La dernière semaine avant les vacances, j'étais en charge d'une classe de ce1 avec au moins dix cultures différentes. J'ai adoré !

— Les fiiiiiiiilllles ! A table ! beugle Max de l'autre côté de la rive.

A peine la plage regagnée à coups de brasses coulées, les trois amies se pourlèchent les babines à l'odeur des crevettes grillées. Max a pensé à tout, à la natte déroulée sur le sol, aux serviettes en papier. Pour le reste, c'est *roots*, comme on aime. Les doigts se brûlent pour décortiquer les crevettes mais la récompense est de taille : c'est succulent. La sieste obligatoire à l'ombre des arbres revêt une importance capitale, surtout pour Elisa qui est encore un peu sous le coup du décalage horaire, de dix heures tout de même !

Chapitre 41

Quand la jeep se gare devant le nakamal, le cœur d'Elisa bat la chamade. Ses mains sont moites. Ses idées sont en vrac. Elle prend son temps pour s'extirper du véhicule, pour tenter de gagner quelques secondes afin de gérer ce stress qui l'envahit de plus en plus, de minutes en minutes. Même si elle a passé une journée très relaxante et si la fatigue rend son esprit peu alerte, tous ses sens sont en éveil.

— Regarde, il y a sa voiture, il est là ! J'en étais sûre, le dimanche, c'est facile de le trouver à l'heure du coucher de soleil ! Mais bon, je ne savais pas s'il était parti en mer pour un convoyage ou une excursion touristique. Bref, tu as de la chance, tu n'auras pas attendu longtemps avant de le revoir et d'être fixée.

Même si elle fait mine d'être à l'aise, Laurène sait bien que son amie bouillonne, qu'un véritable brasier s'empare d'elle. Elle le sent, Elisa est complètement submergée par des émotions vives et intenses. L'impatience et la joie de le revoir affrontent la crainte qu'il la rejette à cause de son inconstance passée.

Lolo ne l'a pas dit à Elisa mais Marco lui en a touché quelques mots, quelques jours à peine après son départ. Il avait demandé si elles étaient bien arrivées mais pas seulement, il avait aussi avoué ces sentiments naissants, ce désir intenable, cet incendie intérieur qu'il ne savait maîtriser. L'amour, évidemment, il l'avait déjà connu avec la mère de Juline mais cette passion dévorante et folle non, il ne l'avait jamais entrevue, pas même à l'adolescence. Il s'était épanché auprès de Lolo, un peu, sur cette douleur quand Elisa l'avait repoussé, prétextant la raison.

Ce « *C'est mieux qu'on en reste là* » restait gravé. Il ne la jugeait pas mais ne comprenait pas bien. Il aurait pourtant juré qu'elle avait ressenti la même chose que lui, qu'ils étaient connectés, quelque part, que leur histoire ne pouvait que commencer, que malgré la distance un avenir pouvait se dessiner, un espoir infime qui aurait continué par *Skype* quelques temps, pour mieux se connaître. Et puis, de son côté, des vacances en métropole auraient pu s'organiser, ça aurait été l'occasion de visiter un peu ses parents en même temps. Mais non, elle avait tout déchiré, tout brisé… La passion avait duré deux ou trois jours, à peine. Le temps d'une escapade à Ouvéa. Il avait alors noyé sa peine quelques heures au cours de quelques apéros trop anisés, juste pour ne plus y penser, à eux, à elle, à ce qu'ils auraient pu vivre, à cet espoir détruit. La tristesse était restée, enfouie, tenace, comme un goût amer d'inachevé, comme une odeur vivace épicée de regrets.

— T'as mal fermé la portière Elisa, claque la plus fort s'il te plaît. Ma jeep n'est pas de première jeunesse !

La belle brune revient sur ses pas, remercie la vie de lui laisser encore quelques instants de répit avant la sentence de son beau skipper. Elle visualise ses cheveux blonds, celui des surfeurs et pas des blés, bien sûr, ses boucles qui dansent sous ses oreilles, sa peau hâlée, sa carrure large et puis ses yeux, ce vert, cette menthe à l'eau qu'elle a sirotée tant de fois depuis son départ, juste pour pouvoir l'entrevoir, lui, quelques secondes.

— T'es à deux de tension ce soir ma belle. C'est bon, tout va bien ? On y va ou quoi ?

— Oui, excuse-moi, ce doit être le décalage horaire… Je suis un peu ailleurs.

— C'est ça, sûrement, le décalage… Je suis bête, je n'y avais pas pensé ! ironise Laurène.

Elisa rejoint son amie qui a déjà avancé sur la petite montée en béton puis les deux jeunes femmes avancent ensemble sur le minuscule sentier qui mène sur la terrasse offrant cette vue à cent quatre-vingts degrés sur l'océan dégagé. Cette vue qu'on ne peut pas oublier. Cet endroit paisible que rien ne saurait perturber. Elle regarde à gauche, vers les quelques sièges de voitures qui font office de canapés. Marco n'est pas là. Le cœur d'Elisa se serre. Son regard se tourne du côté des bancs en bois, des vieux tourets décorés, des tissus bariolés. Rien. Elle aperçoit Jo en grande discussion avec une jeune femme qu'elle ne connaît pas. Les deux amies se dirigent d'un pas lent vers la dalle en béton qui les conduit vers le semblant de bar fait de bric et de broc. Le serveur aux cheveux longs, short claquettes tee-shirt publicitaire sourit aux jeunes femmes de loin en faisant un geste de la main. Aujourd'hui, la petite file d'attente est de bonne taille. Et puis là, non, si, ces boucles, ce dos musclés, ces épaules bronzées qui tranchent avec le débardeur blanc orné d'une raie Manta. Le cœur d'Elisa va exploser, sa bouche est sèche, ses jambes flageolent. Laurène salue à tout va. Deux pas, puis encore trois, la belle brune l'observe.

Marco lève son *shell* puis revient sur ses pas et s'arrête, stoïque, tétanisé. Il n'y croit pas, non ce n'est possible, si pourtant c'est bien elle. Sa longue chevelure brune, ses jambes interminables, son air décalé, son élégance féline mais naïve. Elisa.

La jeune femme ne bouge pas non plus, même ses guiboles ont cessé de trembler. Elle essaie de sourire, elle se force, croit y parvenir.

Il s'avance vers elle, elle ne sait plus quoi dire, quoi faire, impossible de réfléchir ni même d'agir. Elle est le feu, rouge, incandescente. Il la regarde, lui sourit, s'approche encore plus près, à deux doigts de sa main, de sa peau, de sa vie.

— Vous ici mademoiselle ? Quelle belle surprise !

Il la serre dans ses bras, c'est doux, c'est bon, c'est la maison. Nichée là, au milieu de la petite file d'attente qui n'avance plus non plus, il caresse ses boucles brunes et n'en revient pas.

— Vous venez les copains, lance Lolo aux deux tourtereaux. Les gens derrière commencent à s'impatienter.

Devant le *bar à kava,* le serveur ne dit rien, mais lance un regard curieux en soulevant les paupières, signe qu'il attend la commande. Marco demande à Laurène :

— Un *cent* Lolo ?

— Oui.

— Deux *cent* et un *cinquante* s'il te plait.

— C'est parti.

Le barman choisit la louche à *cent*, verse dans deux demi-cocos le breuvage marron puis les pose sur le plateau bricolé. Il sert ensuite le *cinquante*, puis le pose sur le même plateau bricolé. Marco, Laurène et Elisa lancent en chœur un :

— *Olé.*

Puis ils lèvent le coude et avalent *cul sec* la boisson. Elisa engloutit d'un trait le *cinquante*. Elle aurait bien pris un *cent*, carrément, pour apaiser ses émotions mais elle n'a pas voulu le contredire, il était si sûr de lui. Le goût est toujours aussi terreux. Elle mastique alors un morceau de coco pour faire passer ce sale arrière-goût.

Les trois compères réunis rejoignent Jo et sa nouvelle amie. Les doigts d'Elisa et de Marco s'effleurent, des chocs électriques les secouent. Le beau skipper n'a qu'une envie, l'embrasser follement et puis sauter de joie et danser toute la nuit pour fêter ça, crier au monde entier que ça y est, il a trouvé l'Amour, que c'est son tour enfin, qu'il n'y croyait plus et que pourtant, le voilà.

Mais Marco préfère attendre un peu, maîtriser ses ardeurs, ne pas la brusquer encore une fois. Il a peur, lui qui ne craint jamais rien.

Elisa le sent, de toute façon, elle est tellement heureuse d'être là, près de lui, à cet endroit, à ce moment-là. Elle saisit la main du marin et l'attire vers les escaliers creusés dans la terre qui mènent vers le *Sunset*, le coin réservé aux amoureux qui surplombe toute la baie. Des balustrades en bois permettent de s'appuyer pour jouir plus longuement du spectacle le plus merveilleux et le plus naturel du monde : le coucher de soleil sur l'océan Pacifique. Un couple un peu plus loin profite du paysage en se caressant doucement les mains.

Marco et Elisa n'en peuvent plus, l'un comme l'autre, attirés comme des aimants que la vie ne pouvait séparer, pas tout de suite, pas comme ça, d'un coup sec, bam ! Elisa s'approche un peu plus, se perd dans ses yeux.

Il a compris, il ne lui en fallait pas plus. Marco embrasse Elisa du bout des lèvres puis se plonge en elle, en eux, ils ne font plus qu'un. Plus rien n'existe tout autour. Les cœurs battent à tout rompre, ils se caressent. Ils sont heureux. Un point c'est tout, leur place est ici et maintenant et c'est ce qui compte vraiment. Ils ne savent pas encore si ça va durer une éternité, deux mois, trois ou quatre années, quelques heures. Mais ils font le pari, juste parce qu'ils en ont envie, ils prennent le risque, ils en ont la force, ils en ont l'audace et ils feront tout pour que ça marche parce qu'ils ont de la chance, cette chance inestimable que la vie leur octroie, parce que c'est elle, parce que c'est lui, parce que c'est ici. Et dans tous les cas, ils diront juste « Merci » à la Calédonie pour ce cadeau, si beau qu'on pourrait croire qu'il n'existe pas et qui montre encore une fois à Elisa que dans la vie, le bonheur ça ne s'achète pas, ça n'a pas de prix, c'est juste un choix.

Ce livre vous a plu ?

N'hésitez pas à laisser un petit commentaire sur Amazon.

Pour suivre Céline Fuentès sur les réseaux sociaux :

Twitter: https://twitter.com/lynseecf98

Amazon :page auteure Céline Fuentès

Blog: http://celinefuentes.blogspot.com

Facebook : https://www.facebook.com/celinefuentesauteur

Instagram : lynsee.cf98 Céline Fuentès auteure

Printed in Poland
by Amazon Fulfillment
Poland Sp. z o.o., Wrocław

58883512R00152